Philipp Hafner

Megära, die fürchterliche Hexe

Das bezauberte Schloss des Herrn von Einhorn

Philipp Hafner

Megära, die fürchterliche Hexe
Das bezauberte Schloss des Herrn von Einhorn

ISBN/EAN: 9783743480742

Hergestellt in Europa, USA, Kanada, Australien, Japan

Cover: Foto ©Andreas Hilbeck / pixelio.de

Manufactured and distributed by brebook publishing software (www.brebook.com)

Philipp Hafner

Megära, die fürchterliche Hexe

Megära,

die

förchterliche Hexe,

oder

das bezauberte Schloß

des

Herrn von Einhorn.

Erster Theil.

Verfaßt
von
Philipp Hafner.

Wien,
bey Joseph Edlen von Kurzbek.

Vorstellende.

Odoardo von Einhorn, ein von seinen Mitteln lebender, einsmals gewester Kaufmann.

Angela, dessen Tochter.

Leander, ein junger Edelmann, Liebhaber der Angela.

Anselmo, ein Wittwer, Liebhaber der Angela.

Megära, eine Zauberin.

Colombine, Dienerin der Angela.

Hanswurst, Diener des Leander.

Riepel, Hausknecht des Odoardo.

Ein Richter.

Ein Schulmeister.

Etliche Bauern, und Teufeln.

Erste Abhandlung.

Erster Auftritt.

Leander, und Hanswurst.

Beyde kommen auf das Theater ohne ein Wort zu reden, und nach einer Weile fängt Leander zu seufzen an.

Leander.

Ach ich Unglückseliger!

Hw. Ach unglückseliges Malheur! ach malheureses Unglück!

Lean. Ach! grausame Liebe, wie sehr quälest du deine Anhänger!

Hw. Ach! bestialische Liebe, was machest du in der Residenz des hanswurstischen Herzen für Aufruhren?

Lean. Mußt ich mich denn verlieben?

Hw. Kunte ich dann nicht als ein junger Socius sterben?

Lean. (in vollem Eifer) Nein! es ist zu spät, sich aus dem Joche zu reißen, das mich schon allzusehr gefesselt hält.

Hw. Es ist nimmer möglich, daß man die Liebe los wird, wenn man sich einmal mit ihr vertraulich gemacht hat, ein verliebter Mensch ist wie ein feines Papier, wo eine Sau darauf kömmt, man mag radiren, wie man will, so kann mans doch nicht völlig wieder herausbringen; und wanns nicht gar durchreißt, so kann mans doch kennen, daß ein Sau darauf gewesen ist.

Lean. Von was für einer Sau hältst denn du deinen Discurs?

Hw. Von uns zwey red ich gnädiger Herr! und überleg unsre Liebshistorien.

Lean. Du magst in deiner Liebe eine Sau seyn, wie du willst, so menge mich nicht darein, denn meine Liebe ist von der deinigen weit unterschieden.

Hw. Nun so lassen wir die Sau beyseits; aber von der Sau auf ihr Gnaden zu kommen, so gehts halt doch in allen Stücken so, wie ich mirs schon längst gedenkt hab, ich weiß wohl noch die Zeiten, wo der junge Herr, wie er noch ein Schüßling von 13, 14 Jahren gewesen ist, mich oft ausgelacht hat, wenn mir ein Seufzer eines Weibsbilds zu Ehren auskommen ist, da hat mein junges Herrl nicht einmal gesagt: du
hans-

Hanswurstischer Esel, wie möcht ich mir von einem weiblichen Gespenst meine Ruhe nehmen lassen; itzt, da die Natur ihnen statt den Hofmeister die Lection giebt: itzt, da sie wissen, daß ein Weibsbild kein Gespenst, sondern ein Diabulus dulcis und necessarius ist, itzt seyn sie noch weit ärger als ich; itzt ist Tag und Nacht kein Ruh, und nichts über ihre Amantin, ich hab es alleweil gesagt, wenn bey ihnen einmal die Lieb in die Bewegung kommt, so wird der Teufel los seyn, jetzt erfahren sie es, nicht wahr?

Lean. Du hast recht mein lieber Hanswurst! allein, hätte ich wohl jemal geglaubt, daß es eine so gefährliche Sache um die Liebe sey, und daß sie einem solche Fesseln anlege.

Hw. Es ist wahr, sie haben recht, es ist eine Teufels Sach darum, der ganze Mensch ändert sich, wenn man einmal verliebt ist.

Lean. Das weiß ich am besten; wie angenehm ware mir vorhin meine Freyheit, wie aufgeweckt war ich jederzeit, wie ruhig? jetzt da ich verliebt bin, kann ich weder essen, noch trinken.

Hw. Ey was das Fressen und Saufen anbelangt, da hab ich, allemal den nemlichen Appetit, denn ich friß und sauf der Liebe zu Ehren.

Lean. Auch sogar schlafen kann ich nicht, und wenn ich auch schlafe, so erwache ich nur zu meiner Quaal; neulich träumte mir so nachdrücklich, daß ich meine angebettete Angela küßte,

küßte, und wie ich darüber erwacht bin; so hab ich statt ihrer den Polsterzipf im Mund gehabt.

Hw. Wenn ich einmal schlaf, so denk ich auf keine Liebe; und auch muntrer muß man nicht gar zu närrisch verliebt seyn: es ist schon recht, daß man ein Mädel gern hat, aber mit dem Heurathen muß man piano darein gehen, sie haben die Angela erst etlichemal gesehen, und wissen noch nichts von ihren Fehlern, die sie vielleicht haben wird.

Lean. Was soll sie für Fehler haben, sie ist so schön, daß sie auch den ernsthaftesten Philosophen reitzen kann; mir ist in ihr alles unschätzbar, ihre weisse und runde Hände, ihr Corallenmund, ihre schwarze Augen, ihre wohlgebauten Füße = =

Hw. Sie hat nicht allein Füß, das haben alle. Bey den Frauenzimmern muß man nicht bloß auf die Schönheit sehen, bey der Zeit gar, wo viele nur bis auf die Nacht schön seyn. und etliche Stund in der Früh nach dem Aufstehen erst wieder schön werden: ein solches lebendiges Farbentrüherl fällt freylich geschwind ins Gesicht, aber man muß sie in ihrer Neglige sehen, wann man wissen will, wie schön sie ist, da sehen sie just aus, wie ein Rechentafel, wo dort und da noch die Kreiden nicht recht ausgewischt ist, und ist dann eine auch natürlich schön, ist das schon genug, muß man nicht auch auf die andern guten Eigenschaften sehen?

Lean.

Lean. Ihr Umgang hat mich bereits von ihren guten Eigenschaften überführet.

Hw. Ich wünsch, daß es wahr ist, allein die Verstellung ist generis fœminini.

Lean. Ach! ich erwarte mit größter Ungeduld den Augenblick, wo ich meine angebettete Angela, als meine Gemahlin umfangen werde.

Hw. Es ist noch ein großmächtige Frage, ob der alte Odoardo sie ihnen giebt, und es ist auch ein Frag, ob sie Geld hat, und ob sie ihnen auch gern hat?

Lean. Ob die Angela Geld hat, das untersuch ich gar nicht, denn ich bin selbst so reich, daß ich eine Frau ernähren kann; daß sie mich aber liebet, dessen bin ich überzeugt, denn sie hat mir erst heut wiederum einen Brief, welchen sie in geheim, sogar in der Küche hat schreiben müssen, geschickt, in welchem sie mich selbst ersucht hat, daß ich sie bey ihrem Vater zur Ehe begehren sollte: ob er sie mir dann nun geben wird, das wird sich bald zeigen, denn ich habe bereits einen Brief verfaßt, in welchem ich sie von dem Vater verlange, diesen mußt du alsogleich dem alten Odoardo überbringen, und auf eine Antwort warten. (er giebt dem Hw. einen Brief.)

Hw. (nimmt selben) Daß sie ihnen um das Heurathen anredt, das schaut ein wenig hungrig aus, denn ein Frauenzimmer muß wenigstens ihren Amanten 6mal sterben, und 4mal crepieren lassen.

Lean. Das ist just eine Ueberzeugung ihrer heftigsten Liebe, weil sie den Ausspruch ihres Vaters kaum erwarten kann.

Hw. Aber was glauben sie, was der alte Odoardo denken wird, sie sind in ihrem Leben nicht bey ihm in Haus gewesen, er kennet sie kaum, und nachdem schicken sie nur hin, und lassen die Tochter begehren, als ob sie in das Wirthshaus um ein Krenfleisch schicken thäten; das wird hart gehn, ich kenn den alten Odoardo, er ist ein schwieriger und geitziger Mann, und seitdem er aus einem Kaufmann ein Edelmann worden ist, seitdem kann kein Teufel mit ihm auskommen, ich frag nichts darnach, ich trag den Brief hin, ich hab ohne dies auch ein paar Zeilen bey mir (zieht einen Brief heraus) wo ich das Stummädel, die Colombina, von dem Alten begehr, aber ich förcht halt es wird wenigstens für sie nicht gut ausfallen.

Lean. Es sey wie es sey, so muß ich es doch endlich wissen, mache nur deine Sache gut, es wartet für deine Bemühung ein Beutel Dukaten auf dich.

Hw. Was sollen wir ihn auf mich lang warten lassen, geben sie ihn gleich her.

Lean. Du mußt ihn erst verdienen, ich erwarte dich mit der größten Ungeduld in dem nächsten Wirthshause, bringe mir, so bald es möglich ist, eine Antwort.

Hw. Lassen sie mich sorgen, ich werde meine Sachen sehr gut machen. (geht in Ooordens Haus.)

Lean.

die förchterliche Hexe.

Lean. (in Abgehen) O Himmel! stehe mir diesmal in meiner Liebe bey. (geht auch ab)

Zweyter Auftritt.

Zimmer des Odoardo, mit einem Tische, und etliche um selben herumstehenden Geldtruhen. (Od. sitzt im Schlafrock, und eine grosse Peruque aufhabend, beym Tische.)

Odoardo.

Ich bin niemals so unruhig gewesen, als itzt, da ich so vieles Geld zu Hause habe O! wie glücklich sind doch diejenige, welche das Ihrige so verwahren, daß sie davon den Nutzen ziehen, und nur so viel zu Hause behalten, als ihnen zum täglichen Unterhalte nöthig ist; auf die Koffer kann man sich nicht verlassen, denn da gehen die Diebe am ersten darauf los, wenn ich nur ein sichres Winkel im Hause wußte, es geht mir nur noch ein weniges ab, so trachtete ich Papiere mit einem christlichen Rabat von 30 per Cento blos aus Liebe des Nächsten einzuhandeln; allein ich kann nichts ersparen, meine Leute fressen wie die Jagdhunde: wenn ich nur machen könnte, daß in dem Calender die Quatember verdoppelt würden, dann meine Leute fasten zu wenig, sie werden allzu lüstern, und ich könnte wenigstens 100 Gulden ersparren; mir ist nicht um das Geld, sondern nur um die guten Werke, ein Hausvater muß allezeit für seine Leute sorgen. Ich hab schon öfters

ters bey mir überlegt, ob der Mensch nicht hätte können ohne Magen erschaffen werden: ich könnte sehr viel ersparen, wenn meine Leute nicht hungerte. Doch das will ich noch hingehen laſſen, weil ich es nicht ändern kann, aber wenn ich die junge Pflaſtertretter ſehe, die die ſchöne Dukaten aus ihren Model bringen, und auf die Weſten ſticken laſſen, das kann ich ohne Aergerniß nicht ſehen, nein, das iſt eine himmelſchreiende Sache, das iſt eine Todſünde. Doch! dieſe Leute ſehen den Nutzen des Goldes nicht ſo ein, meine ſelige Frau machte es eben ſo; und ich erholle mich in etwas, wenn ich betrachte, daß ich wieder frey bin, und meine geweſte Hausehre, die ſtille Ruhe genießt, ich will kein Geſchrey machen, daß ich ſie nicht wieder aufwecke: ich hätte noch müſſen betteln gehn, wenn ſie länger gelebt hätte. Das letzte Kind, ſo ich mit ihr gezeuget habe, hat mir viel Angſt verurſachet, der Himmel hat mich aber von dieſer Laſt befreyet, und ich ward darüber ſo froh, als ob mir eine ungewiſſe Schuld eingegangen wäre; meine Tochter, die ich noch habe, dieſe liebe ich, denn ſie iſt wirthſchaftlich, ob ſie mir ſchon nicht in allen recht thut, ſo lieb ich ſie dennoch, denn ſie hat ein hüpſch Geſichtel, und wenn mir mein Anſchlag geräth, ſo wird ſie von meinem Gelde wenig brauchen, denn eine reiche Heurath mit einem alten anſehnlichen Manne wird ſie glücklich machen, die Jungen ſind ohne dem zu flüchtig, und wiſſen nicht mit dem Gelde umzugehen. Ich höre

die förchterliche Hexe

jemanden, ich muß meine Säcke einsperren, und trachten sie wohl zu verwahren; holla! wer ist vor der Thür?

Dritter Auftritt.

Riepel.
Gnädiger Herr! es ist ein Bedienter draussen, der mit ihnen gern reden möchte, er hat ein Zettel in der Hand.

Od. Hat vielleicht jemand einen Wechsel an mich geschickt?

Riep. Ich hab keine Weixel bey ihm gesehen, er hat sonst nichts als das Zettel.

Od. Du bist ein Esel.

Riep Ja, gnädiger Herr!

Od Höre mich! wenn heut etwa wer bey mir speisen sollte, denn, ob ich gleich niemanden einlade, so giebt es doch solche Schmarutzer, die man schandenhalber nicht abschaffen kann; wenn also, wer immer bey mir speisen sollte. so verrichte das, was ich dir itzt sage: ich will, daß du immer bey der Tafel seyest, du wirst die Gläser rein ausschwenken, und zu trinken bringen, aber nur wenn die Gäste recht durstig sind, und nicht, wie ihr groben Leute sonst gewohnet seyd, daß ihr die Gäste fast zum trinken zwinget, da ihr immer mit der Datze und vollen Gläsern hinter ihnen steht, und sie zum Trinken anreizt, da sie sonst noch keinen Gedanken dazu hätten, warte bis sie es wenigstens 6mal von dir begehren, und alsdenn vergiß

giß nicht, daß du allzeit viel Waſſer mitbringſt, damit der Wein den Gäſten nicht ſchade; ich trinke lauter ſtarke Weine, und thu es nicht aus Kargheit, ſondern nur, daß die, ſo bey mir ſpeiſen, nicht krank werden, und fein nüchtern bleiben, gieb auch acht, daß mir niemand einen Silberlöfel einſtecke; ich habe keinen Verdacht auf die Leute, aber wer kann einem jeden in das Herz ſehen, Silber blendet, und es könnte auch etwas ſolches in Gedanken geſchehen; haſt du mich verſtanden?

Riep. Ja, gnädiger Herr!

Od. Itzt laß den Menſchen mit dem Zettel nur herein kommen.

Riep. Ja, gnädiger Herr! (im Abgehen) nur herein guter Freund! (und ab.)

Vierter Auftritt.

Hanswurſt und Odoardo.

Hw. (zu Odoardo.)

Sey der Herr ſo gut, und meld er mich beym Herrn von Odoardo an, ich hab ſchon mit dem Hausknecht geredet, ich weiß aber nicht, ob ers dem gnädigen Herrn geſagt hat, der Herr wird a ſo der Bedagogus im Haus ſeyn?

Od. Mein Freund! ihr irret euch, ich bin Odoardo ſelbſt, bin in meinem Hauſe gern commod, und auch ſonſt kein Liebhaber von der eitlen Pracht, ein Mann meines gleichen mag gekleidet ſeyn, wie er will, ſo bleibt er doch allzeit

die förchterliche Here.

zeit ein Edelmann; ich bin ein ehrlicher Mann, und bin dergleichen nicht gewohnt, wie einige Stutzer unsrer Zeiten, die den Schweiß ihrer Gläubiger, auf dem Rocke, und Weste herumtragen.

Hw. Ich bitt tausendmal um Verzeihung daß ich so ungeschickt war, und sie nicht kennt hab, weil ich aber weiß, daß sie der gnädige Herr seyn, so bitt ich, sie möchten meine Grobheit, meiner Dumheit zuschreiben; hier hab ich ihnen einen Brief von meinem Herrn zu überbringen, ich glaub er gehört an sie, (er liest) dem hochesel gebohrnen ‧ ‧ ‧

Od. Er scheint mir ein luftiger Mensch zu seyn, allein er muß besser buchstabiren lernen; (er nimmt dem Hw. den Brief aus der Hand liest mit der Brülle schnofelnd) dem hochedelgebohrnen Herrn Herrn Paphnutius Odoardo von Einhorn, Herr der Herrschaft Kornutenburg, berühmt gewesten Limoni- und Specereykrammer, zu Stixneusiedl an der Elbe, auch jubilirten Vorsteher der Simonilad ‧ ‧ ‧

Hw. Verzeihen sie mir, so schnofelnd schreibt mein gnädiger Herr nicht, er hat gar eine brave, laute Schrift, und sie schnofeln, wie der Teufel im Kreuzerspiel.

Od. Sein Herr muß meine Titulatur auch nicht recht wissen, er ist, ich glaub ja, ein Diener des Hrn. von Leander?

Hw. Es ist a so, belieben sie nur zu lesen, es wird sich alles zeigen.

Od.

Od. (vor sich) Ich bilde mir es in voraus ein, was in dem Briefe steht, aber aus dem Begehren wird nichts, ich will den Brief doch lesen. (er liest)

„Hochedel gebohrner Herr! dero Fräulein
„Tochter, welche ich zwar erst eine kurze Zeit
„her anbette, hat in meinem Herzen, sowohl
„wegen ihrer Schönheit, als ihren andern
„unschätzbaren Eigenschaften, die sie blos der
„edlen Auferziehung ihres Herrn Vaters zu
„verdanken hat, eine solche Liebe erweckt, daß
„ich sie zu meiner Gemahlin bereits erwählet
„habe; da aber bey dieser Wahl ihre väterliche
„Einwilligung das erste Votum ist, so erbitte
„ich mir dieselbe, durch gegsnwärtiges Schrei-
„ben, ich glaube nicht, daß sie einen billigen
„Grund finden werden, dieser Verbindung
„entgegen zu seyn; ich bin vom Stande, und
„nach dem Tode meines Vaters mit genugsa-
„men Mitteln versehen, ihre Fräule Tochter
„zu ernähren. Ich erwarte also indessen von
„ihnen, durch meinen Diener eine erwünschte
„Erklärung, und werde selbst Nachmittag die
„Ehre haben, ihnen als meinem künftigen
„Herrn Schwiegerpapa die Hand zu küssen.„

Freyherr von Leander.

Od. (vor sich) Aus dieser Heurathspastette wird ein Talken werden. (zu Hw.) meld er seinem gnädigen Herrn, es würde mir eine Ehre wiederfahren, wenn er sich die Mühe geben woll-

Die fürchterliche Hexe. 15

wollte zu mir zu kommen, ich würde schon alsdenn mit ihme selbst aus der Sache reden.

Hw. Ich werd ihms wissen auszurichten ‥ aber da hätt ich noch ein paar Zeilen, von einem hüpschen, feinen, wohl meritirten Menschen. Euer Gnaden einen Brief zu geben. (giebt dem Odoardo einen Brief.)

Od nimmt denselben (vor sich) Ich merke schon, auf was der Vogel anschlägt, der kommt mir eben recht; (zu Hw.) ja, und wer soll das trefliche Subjectum seyn?

Hw. Es ist ein guter Freund von mir, ein Blutsfreund dazu, belieben sie zu lesen, es wird sich alles zeigen.

Od. Guter Freund! er macht mir heut einen starken Posttag, aber es sey, ich will den Brief auch noch lesen; (er liest wieder mit den Brillen.

„Gnädiger Herr! lieber Alter, derohalben
„weil mir die Colombina, ihr Gnaden ihr
„Mädl wohl gefällt, und ich ihr auch; wa-
„rum soll ich sie hernach nicht heurathen, der
„Teufel soll dem das Licht halten, der mirs
„verwehren will; deswegen hab ich ihr Gna-
„den bitten wollen, zu Fortpflanzung meines
„hanswurstischen Stammenhauses mir die Co-
„lombina unverlezt zuzustellen, auch zu Abwen-
„dung alles Verdachts, weil sie schon 3 Jah-
„re im Haus dient, mit 3000 fl. Heurathgut
„zu bedecken; ich hoffe sie werden kein Narr
„seyn,

„ seyn, und sich lang bedenken; nichs für un-
„ gut: Servus gnädiger Herr. „

Hans von der Wurst.

Von Haus den 1761 Julii Anno 24.

Od. Das ist ein verfluchtes Concept (zu Hw.) Mein Lieber! sag er seinem guten Freund, es sey mir leid, daß ich nicht so dächte, wie er denkt, er soll sich keine weitere Mühe geben, aus der colombinischen Heurath wird nichts.

Hw. Das trau ich mir ihm nicht zu sagen, er ist ein schwieriger Mensch, wie der Plunder, er wär im Stand, er schmieß mich die Stiegen hinunter.

Od. Möglich! nu, weil er das Herz nicht hat, seinem guten Freund es zu sagen, soll er es von mir selbst hören; es braucht keine Verstellung mein lieber Hw.! wisch er sich das Maul ab, er bekömmt die Colombina nicht.

Hw. Warum nicht? was haben sie an mir auszusetzen?

Od. Ich werd mich mit ihm in keine Weitläufigkeiten einlassen, geh er seine Wege, und laß er mich in Ruhe.

Hw. (zornig) Nein, nein, und ich werd nicht gehn, ich muß die Sache klärer wissen, warum ich das Madl nit haben soll, oder ich werd zeigen, was zu zeigen ist.

Od. Sey er nicht grob, oder ich laß ihm die Thür weisen.

Hw. Mir? das will ich auch sehen, Sikrement! (er sieht den Leander kommen) no! just

die förchterliche Hexe.

just recht, itzt kommt mein Herr, itzt wird es sich gleich zeigen, was zu thun ist.

Fünfter Auftritt.
Leander.

Es war mir nicht möglich, die Zurückkunft meines Dieners zu erwarten; noch viel weniger den Besuch auf Nachmittag zu verschieben, ich nahm mir also die Freyheit ihnen noch vor der bestimmten Zeit einen Besuch zu machen: sie haben aus meinem Briefe mein redliches Absehen erkennet, was darf ich hoffen? werd ich mir wohl mit dem Besitze des Fräuleins schmeicheln können?

Odo. (vor sich) Der kömmt mir wahrhaftig ungelegen, (zu Leander) ich bin ganz erstaunt, daß meine Tochter das Glück hat, ihnen zu gefallen; ich sehe an ihnen einen vollkommenen Cavalier, und zweifle keineswegs an allem dem, was ich gelesen; meinem Hause würde eine sonderbare Ehre zuwachsen wenn meine Tochter sich mit ihnen verbinden sollte; allein ich muß ihnen melden, mein Herr von Leander, daß meine Tochter erst 16 Jahre, und noch gar keinen Lust zum Heurathen hat; sie vergeben mir also, daß ich das Glück und die Ehre wider meinen Willen von mir abwenden muß; das ich ohne diesen Umständen mit beyden Händen ergreifen würde.

Lean. Wie? das Fräulein soll erst 16 Jahre haben? sie wollen mich probieren, aber sie irren sich stark, wenn sie glauben, daß ich wan-

B   kel-

kelmüthig sey, halten sie mir es zum guten, wenn ich ihnen sage, daß das Fräulein das 22ste Jahr würklich angetretten hat; und was die Neigung zum Heurathen anbetrift; so halt ich ihre Worte in Ehren, aber das glaub ich schwerlich, ich verstehe die Sprache der Augen gar zu wohl.

Odo. Mit wenigen sag ich ihnen, daß meine Tochter für sie gar keine Neigung hat, ich gebe auch nimmermehr zu, daß sie vor 34 Jahren heurathe, die junge Leute heurathen zusam, vermehren sich wie die Künigelhasen, und hernach schickt man die Kinder dem Schwiegervater über den Hals, der soll sie ernähren, und das kost Geld „ .

Lean. Sie dürfen sich gar nicht ereifern, wenn Angela für mich keine Neigung hat, so verlang ich sie nicht, lassen sie sie kommen, daß ich es aus ihrem Munde höre, und ich will ihnen weiter nicht überlästig seyn; denn von dem Fräulein muß ich es hören: ich heurathe ja nicht den Schwiegervater, sondern die Tochter, sie kommen mir ein wenig eigensinnig vor, dieß heißt Cavaliere von meinem Range nicht so empfangen, wie es derselbe erfodert.

Odo. Und sie kommen mir ein wenig nase‑ weiß vor, sie wollen meine Tochter von mir er‑ zwingen, ich kann sie geben, wem ich sie will, sie ist meine Tochter, ihre verstorbene Mutter hat es mir für gewiß gesagt, und wenn sie das nicht glauben wollen, mein Herr Baron, so

die förchterliche Hexe.

so gehen sie mit mir, ich will es ihnen in ihrem Geburtstage weisen.

Lean. Es ist ein blosser Eigensinn von ihnen, Angela liebt mich gewiß auf das heftigste, sie allein wollen sie mir nicht geben, aber denken sie gewiß, daß mich dieses nicht hindern soll ihre Tochter zu lieben, ich muß sie erhalten, oder sie werden erfahren, daß ich mir selbst ein Leid anthue.

Odo. Das sind hitzige Ausschweifungen; ich bitte sie Herr von Leander, machen sie sich keine weitere Ungelegenheit: wenn sie nicht in dergleichen Angelegenheiten in mein Haus gekommen wären, würden sie mir lieb und angenehm gewesen seyn; aber so sag ich ihnen verläßlich, daß sie meine Tochter nimmermehr erhalten werden; ich glaub sie werden mich verstanden haben, ich empfehle mich ihnen höflich. (will gehen.)

Lean. Diesen Afront sollen sie mir nicht umsonst gethan haben, hätt ich ihren Eigensinn, wie er mir schon beschrieben worden, wahr zu seyn geglaubt, so hätt ich die Reise nach ihrem Landgut gewiß nicht unternohmen, noch ihnen ein gutes Wort gegeben.

Odo. Sie hätten ihre Reise wahrhaftig ersparren können, ich gieb ihnen meine Tochter nicht, und wenn sie ihr zu gefallen auch schon aus der Welt reisen wollten.

Lean. (zornig) Ja dieses soll auch geschehen; da sie mir ihre Tochter nicht geben, so eil ich als ein rasender Mensch, wohin mich meine

Verzweiflung führt, und mein Geist soll nach meinem gewissen Tode, der einzig von ihrem Eigensinn herrührt, sie auf allen Seiten verfolgen, und an ihnen die grausamste Rache nehmen. (geht zornig ab)

Odo. (ruft ihm nach) Keine Hitzigkeiten. Dieses ist die allgemeine Sprache junger Liebhaber.

Hw. (vor sich) Itzt werd erst ich noch mit ihm reden.

Odo. (vor sich) Was das heuriges wär, daß man nur gleich herlief, die Tochter von dem Vater begehrte, und wenn er sie nicht hergiebt, mit Tod und Mord drohete; (er lacht) ha! ha! (sieht den Hw.) was macht er noch da?

Hw. Ich wart auf die Colombina, meine Braut.

Odo. Die wird er nicht erwarten können, denn er kriegt sie nicht.

Hw. Ich muß sie haben.

Odo. Und er soll sie nicht haben.

Hw. Warum? heurathen sies vielleicht?

Odo. Was soll ich sie heurathen, närrischer Teufel, ich heurathe gar nicht mehr.

Hw. Oder, brauchen sie vielleicht einen Hauszeitvertreib?

Od. Ich rath ihm, hör er auf in meinem Hause insolent zu seyn.

Hw. Und ich rath ihm, gieb er mir die Colombina, oder = = (stoßt ihm die Faust unter das Gesicht.)

Odo.

Odo. Was - - gütiger Himmel! was für Grobheiten?

Hw. Es sey, wie es will, ich muß die Colombina haben, und wenn der Teufel drin wär, sie ist seine Tochter nicht, und er ist mir nicht im Stand das Mädel zu verbieten.

Odo. Schau grober Schroll, just sollst du sie nicht bekommen.

Hw. Du ruinirter Marodibruder! du Alter! itzt werd ich bald über die Geduld hinausgehen. (er rupft ihn bey der Perücke)

Odo. Was? - - he Leute! Riepel - - wo seyd ihr?

Hw. Ich werd der Narr nicht seyn, daß ich mich umbringen will, wie mein Herr, ich will dir alter Geizkragen zum Possen leben, und ich will dir so viel Verdruß machen, daß du auf mich denken sollst. (schnalzt im in das Gesicht)

Odo. He Riepel! - - Riepel!

Sechster Auftritt.

Die Vorigen, und Riepel.

Riepel.

Was schaffen ihr Gnaden?

Odo. (voll Zorn) Da - - jage mir diesen Kerl aus dem Haus - - schlag ihm Arm und Bein entzwey - - und schmeiß ihn die Stiege hinunter.

Riep. Gleich gnädiger Herr!

Hw. (vor sich) Jetzt wird es Zeit seyn zur Retirade (zu Od.) ich werde dich schon kriegen, du Schrollenantiquität, du höllische - - (laufte ab.)

(Riepel bleibt stehn.)

Od. Nu, was stehst Esel! wirst ihn nicht hinabprügeln?

Riep. Ich hab nur fragen wollen, ob ich das spanische Rohr, oder den Ochsenfisel dazu hollen soll?

Od. O du Rindvieh! den Hals sollst du dir brechen!

Riep. Gleich gnädiger Herr! (und ab.)

Odo. (allein) Hat man wohl jemals dergleichen Ausschweiffungen gesehen? Parole! wenn sowohl der Leander, als sein grober Diener nicht bald gegangen wären, ich hätte ihnen gezeigt, daß ein Edelmann meines gleichen auch noch Fäuste machen könne; ich habe mich daher auf mein Landgut gezogen, um der stillen Ruhe zu genießen, und auch sogar hier will man mir keine Ruhe lassen; ich werde sie mir selbst schaffen - - es wär die Heurath mit dem Leander frenlich so übel nicht sein Vater war ein reicher Mann, der gewiß so wenig als ich, einen Kreutzer umsonst ausgelassen hat - - allein die Hochzeit mit dem alten Herrn von Anselmo scheint mir weit vortheilhafter zu seyn, er ist wirthschaftlich, mein bester Freund, und verlangt kein Heurathgut: ja was noch mehr ist, so will er meiner Tochter selbst 2000 Dukaten zum voraus geben, das läßt sich hören, drum soll er sie auch bekommen; vor den Grobheiten

des

des Hanswurst und seines Herrn aber werd ich mich schon zu schützen wissen. (geht ab.)

Siebenter Auftritt.

(Wald mit Odoardo Haus.)

Angela, und Colombina.

Angela.

O meine liebe Colombina! mein Herz ist voller Angst, was Leander auf den überschickten Brief vorgenommen, ob er mich bey meinem Herrn Vater zur Ehe begehrt, oder ob mein Vater mich ihme versaget; allein es koste was es wolle, so muß ich Leandern besitzen; ohne ihm ist mir mein Leben zuwider, an ihm ganz allein finde ich alle jene Eigenschaften, die mein Herz vergnügen können: betrachte einmal sein Portrait, er ist eben nicht der schönste, aber er hat so ein gewisses Etwas, das fast alle Frauenzimmer reizen muß; siehst du sein Aug, wie verliebt, und zugleich, wie ernsthaft es ist, o das schöne Aug! (sie küßt das Portrait.)

Col. Sie sind so verliebt, wie eine Katze; haben sie ein wenig Geduld, ich werde trachten mit meinem allerliebsten Hanswurst zu reden; dieß ist ein Mensch zum fressen, und wenn ich mit ihm rede, so springt mein Herz vor lauter Freuden in die Höhe. Wenn sie den Leander bekommen, so sind sie glücklich, der Hanswurst kann mir nicht Wunder sagen, was er für ein braver Herr ist, er ist niemal ein Liebhaber von

einem Frauenzimmer gewesen, als sie liebt er
itzt ganz allein, und auf das zärtlichste, kurzum,
ich wüßte für sie, mein Fräulein! keinen besseren
Liebhaber, als den Leander, und sehen sie sich
um keinen andern um, denn ein Frauenzimmer,
das viele Liebhaber hat, läuft in Gefahr ihr
Lebenlang Jungfer zu heissen.

Ang. Du machst mich ganz roth Colombina du hast recht, beym ersten Anblick hab ich
ihm mein Herz geschenkt, und ich will eher sterben, als von ihm mehr abstehen.

Col. Aber sonst hat er einen Fehler, der
heut zu Tage uns Frauenzimmern gar nicht an-
ständig ist; und sein Diener, der Hanswurst
muß auch von ihm seyn angestecket worden.

Ang. Wie, einen Fehler? du erschreckest mich;
ist er etwa = =

Col. Er ist = = ich will sie nicht aufhalten,
er ist eifersüchtig; allein, wenn sie in ihrem
Herzen überzeugt sind, daß sie ihn allein lieben
können. so schadet ihnen dieser Fehler nicht,
die Frauenzimmer, die sich vor der Eifersucht
der Mannspersonen förchten, sind gemeiniglich
Coquetten.

Achter Auftritt.

Hanswurst geht aus Odoardens Haus.
Colombina.

Der Hanswurst! = = was bringst du guts
Neues?

Hw.

die förchterliche Hexe. 25

Hw. Ich weiß nicht einmal, ob ich auf der Welt bin vor lauter Confußion? (zu Angels.) Mein Herr hat ihr Gnaden schriftlich und mündlich begehrt, (zu Col.) und ich hab dich auch begehrt; wir haben aber alle zwey nicht allein eine abschlägige Antwort, sondern noch alle Grobheiten von der Welt leiden müssen.

Ang. O Himmel! mein Herz hat es mir zum voraus gesagt, (zu Hw.) und wo ist denn dein Herr?

Hw. Das weiß ich nicht, ich muß ihn just itzt aufsuchen, ich glaub gar er thut sich ein Leid an, er ist voller Verzweiflung davon gelaufen, und er hat gesagt, er will sich umbringen

Col. Ey, er wird ja nicht gar zu hitzig seyn;

Hw. Ja, es ist kein Spaß, ich weiß, was wir zwey vor hitzige Liebhaber seynd; ich muß itzt geschwind sehen, meinen Herrn anzutreffen, sobald ich ihn gefunden hab, so werd ich schon wieder Gelegenheit suchen mit ihnen zu reden. (geht eilends ab)

Ang. O Himmel! steh meinem Leander bey, ich kenne seine treue Liebe; gewiß wird er sich in der Verzweiflung ein Leid anthun?

Col. Seyen sie unbesorgt, die Liebhaber seynd bey der Zeit keine Narren, daß sie sich aus Liebe um das Leben bringen, diese Mode ist nunmehr schon zu alt gebacken.

Ang Still Colombina! ich sehe jemand aus dem Hause kommen, wenn es der Papa ist, so verrath mich ja nicht, daß ich dem Leander

selbst

selbst meine Liebe angetragen, du kennest ihn, wenn er im Zorn ist, er wär im Stande, und steckte mich gar in ein Kloster.

Col. Er ist es, er sieht ganz trotzig aus, er hat gewiß ungewichtige Dukaten gefunden.

Neunter Auftritt.
Odoardo aus dem Haus und die Vorige.

Od. Schon wiederum ausser dem Haus? ich weiß nicht, was ich von dir denken soll? mir kommt vor, du hast mit Leandern, der erst bey mir war, schon eine zimlich genaue Bekanntschaft, weil er so ganz natürlich, und ohne vielen Umständen dich zur Frau begehret? ich sage dir mit wenigen, mach dir keine Gedanken auf seine Person, und wenn du meinen Willen zuwiderlebst, so will ich dich enterben.

Ang. Wenn der Papa nicht böse werden thäte, so wollte ich sagen, daß mir Leander in einem Brief seine Liebe angetragen hat, und ich bin nicht gleichgültig gegen ihn, er ist artig, reich, und ich glaub nicht, daß sie an ihm etwas auszusetzen haben: und als Jungfer werden sie mich doch auch nicht sterben lassen wollen.

Od. Ich habe an ihm sonst nichts auszusetzen, als daß er dich heurathen will, indem ich schon einen andern Bräutigam für dich ausgesucht, dieß ist ein gesetzter Mann, und nicht mehr als 34 Jahr auf einer Seite, Gold- und Silberpatzen, daß einem der Buckel schaudert, es ist der Herr von Anselmo.

Ang.

Ang. Ich habe mich besonnen, ich werde mich nicht verheurathen; wenn sie erlauben gnädiger Herr Vater . .

Od. Und ich, mein kleines Fisperl, ich will, daß du ihn heurathest, wenn du erlaubst; willst du dir in deinem Glücke selbst schaden? he! = .

Ang. Ich habe alle Hochachtung für den lieben alten Datel, als Tochter stünde ich ihm recht gut zur Seite; aber als Braut, Herr Vater! dieß wäre zu lächerlich.

Od. Gütiger Himmel! einen Mann in seinem blühenden Alter einen alten Datel zu heissen, hat man wohl je eine solche Keckheit einer Tochter gegen ihren Vater gesehen! ich will durchaus, daß die Hochzeit noch diesen Abend vor sich gehe, das ist eine Partie, die sich nicht alle Tage ereignet, ich wette, daß die ganze vernünftige Welt meine Wahl billigen muß, und ich finde dabey einen Vortheil, den ich auf einer andern Seite nicht finden würde, man muß also diese Gelegenheit bey den Haaren ergreifen; eine Stunde geb ich dir Ueberlegung, und alsdenn will ich keinen Widerspruch mehr hören, denn ich erwarte den Herrn von Anselmo alle Augenblick.

Ang. Was habe ich denn zu überlegen? vielleicht, was der Papa für ein eigensinniger, verdrüßlicher Mann ist, ich habe es überlegt, daß ich den Anselmo durchaus nicht heurathe.

Od. Mädl! reitze mich nicht zum Zorn, wenn ihr Pankerten dem Vater einmal in die Augen sehen könnt, da meint ihr, der Vater
hat

hat über euch [...] seine Gewalt verlohren. Wenn Anselmo kommt, so begegne ihm höflich, und sag ihm, daß du ihn über alles hochschätzest, bilde dir nur die 2000 Dukaten ein, so wird die Liebe schon kommen: o! da kömmt eben der Herr von Anselmo: führe dich fein verliebt auf.

Zehenter Auftritt.
Anselmo in altväterischer Kleidung, und die Vorigen.

Odoardo.

Kommen sie, kommen sie mein Herr von Anselmo, ich und mein ganzes Haus seufzen recht nach ihrer Gegenwart; hier hab ich die Ehre ihnen meine Tochter vorzustellen.

Ans. Weil sie so erlaubt haben, so mache ich ihnen meine ergebneste Aufwartung, und ich = =

Od. (den Anselmo in die Red fallend) Haben sie die 2600 Dukaten nicht mittragen lassen, die sie meiner Tochter zum Heurathgute versprochen haben; sind sie Holländer, oder Doublonen? die letztern wären mir lieber.

Ans. Sie werden alles bekommen, erlauben sie mir zu erst, daß ich ihre Fräulein Tochter betrachten dürfe. (zu Angela) Halten sie es für keine Beleidigung, mein liebenswürdiger Wutzel! daß ich ihre Schönheit mit den Brüllen bewundere, ich weiß es mehr als zu wohl, daß ihre Augen so durchdringend sind, daß man nicht nöthig hat, den Glanz derselben durch eine Brille zu vergrössern, aber auch die Sterne betrachtet man mit Gläsern, und ich behaupte, daß sie ein Stern sind, über alle Sterne; ein Fixstern, der mir weit lieber ist, als derjenige am Firmamente: kurzum sie sind ein blitzsternhagel volles Kind!

Ang. (vor sich.) O! das ist wohl ein abgeschmackter Narr, was für zärtliche Ausdrücke, dergleichen wäre wohl Leander nicht fähig, mir vorzusagen.

Ansel. Was sagt meine Schöne?

Col. Sie sagt, daß sie von ihrer Wohlredenheit ganz bezaubert ist, und daß sie ein recht großer Poltron sind.

Auf. Ein Politicus? ja, das bin ich ja, sie haben Recht mein Fräulein, aber sie verdienen es; das sagen auch sonst mehr Leute, ich bilde mir aber nicht viel darauf ein.

Ang (bey Seite.) Du bist wohl ein großer Esel, wenn du glaubst, daß ich nur einen Gedanken von dir habe.

Ans. (zu Ang) O! ich bin ihnen tausendmal verbunden für ihre guten Gesinnungen, fahren sie fort mein Engel in diesen guten Gedanken, o Jemini! Herr v. Odoardo, ich bin fast außer mir!

Odo. Nu, mich freuet es, daß ihnen meine Tochter gefällt; sie ist ein wenig scheu, wenn sie aber mit ihnen wird bekannt werden, sollen sie schon zufrieden seyn; ihre Mutter hat es mir auf ein Haar so gemacht, wie ich sie hernach

ge-

gehabt habe, hab ich beständig bey ihr seyn müssen.

Ang. (zu Col.) Wenn der Narr nur einmal weggienge, ich förcht es wird mir übel.

Anf. (zu Col.) Aber warum sagen sie es denn mir nicht mein Engerle, wenn sie was angenehmes von mir reden? nur immer der Colombine; geh sag sie mirs liebe Colombine. Hier schenke ich ihr zum voraus einen Dukaten.

Col. (zu Anselmo) Ich will es ihnen vertrauen, aber sie müssen es nicht weiter sagen? ey ich seh es schon; sie können nicht schweigen, die gar zu grosse Freude, die sie darob = = nein, nein, ich mag es nicht sagen, wenn es der Papa erführe, er hält sie für einen Tugendspiegel, und wenn er hörete, daß sie = = =

Anf. Poßtausend! was muß das wohl seyn, ich verspreche es ihr bey meiner Ehre, niemanden was zu sagen, ich bin froh, wenn ich allein das Vergnügen habe es zu wissen.

Col. Sie hat gesagt = sie hat gesagt = ja was hat sie gesagt, sie lachen schon, o! sie werden erst lachen, wenn ich es ihnen sage, aber ich kann es nicht sagen; ohne schamroth zu werden.

Anf. Fürs roth werden, hat sie da einen Dukaten, itzt glaub ich wird sie sich schon bleichen.

Col. Nun gut, lachen sie (Anf. lacht) sie hat gesagt, sie wären ein rechter Hansdampf, und sie wollte lieber als Fräule sterben, als daß sie ihnen ihr Herz schenken sollte.

Odo. Was hat sie gesagt, ich hab was vom Sterben gehört?

Anſ Ich glaub es wird ſich alles geben, aller Anfang iſt ſchwer (zu Ang.) übrigens müſſen ſie mein holdſeliges Engerl ſich nicht etwa daran ſchrecken, daß ich alt ausſehe, ich bin ſo alt nicht, allein meine Fatiquen haben mich ſchon in meinen jungen Jahren dermaſſen mitgenohmen, daß ich nunmehro um viel älter ausſehe, als ich wirklich bin; übrigens mangelt es mir doch keineswegs an Munterkeit und Kräften, ich bin ein dauerhafter Körper, und alleweil friſch und geſund (er huſt recht ſtark)

Col. (zu Anſ.) Sie ſind halt wie ein Spital, das iſt auch geſund, aber die Patienten, die darinn ſind, die ſind krank?

Odo. (zu Col.) Mußt du dein Göſcherl überall dabey haben; was iſt das für eine Art, einen ſo munteren Knaben, wie der Hr. von Anſelmo iſt, mit einem Spital zu vergleichen.

Col. Nu ich hab es ja zu ſeinem Beſten geredet.

Od. Du ſollſt dein Maul halten, warte nur wir werden ſchon zuſammen kommen, ich hab ohne dies noch wegen den Hanswurſten mit dir zu ſprechen.

Col. Sprechen ſie, wenn ſie wollen, ich habe allzeit eine Zunge, die bereit iſt, ſie zu bedienen.

Odo. (zu Col.) Nu, nur Geduld, es wird ſich alles geben. (zu Anſ.) Mein wertheſter Herr von Anſelmo belieben ſie nur in meinem Haus

Haus Platz zu nehmen, das übrige wollen wir
schon zu Stande bringen. (zu Ang.) Und da
führ dich gegen den Hrn. von Anselmo gut auf;
verscherze mein und dein Glück nicht, sonst laß
ich dich heut noch in ein Kloster sperren. (zu
Ans.) Kommen sie Herr von Anselmo. (Ans.
führt die Ang. auf eine lächerliche Art in das
Haus ab, und Col., welche den Ans. ausspot-
tet, auch in das Haus ab.)

Eilster Auftritt.

Das Theater stellet einen Wald vor, mitten
in selben ein Wasser, an dessen Gestatt auf
einer Seite ein grosser, auf der andern
Seite ein kleiner Felsen ist, es stehn auch
einige Bäume an dem Gestatt, zu Ende des
Wassers sieht man einen Berg, und oben
an dem Firmament die Sonne.

**Leander zwey Pistollen unter dem Rock
tragend, und Hw. geht ihm betrübt,
und verwunderend nach.**

Hw. Sagen sie mir nur doch, wo sie noch
hingehen werden, und was sie denn in Willens
haben.

Lean. Itzt geh ich nicht mehr weiter, ich bin
bereits an dem Ort, wo ich habe seyn wollen,
was ich aber Willens bin, das wirst du gleich
erfahren - - sag mir, hast du deinen Herrn
recht lieb?

Hw.

Die fürchterliche Hexe, 33

Hw. Ich glaub nicht, daß sie Ursach haben werden, daran zu zweifeln.

Lean. Theilst du sowohl Glück als Unglück mit deinem Herrn?

Hw. Natürlich! das Glück theil ich gar gern mit jedem.

Lean. Bist du bereit deinem Herrn im Leben in allem gehorsam zu seyn.

Hans. Ja mit tausend Freuden, ja!

Lean. Bist du auch bereit mir in dem Tod nachzufolgen.

Hans. Wie?

Lean. Ob du auch bereit bist deinem Herrn in dem Tod nachzufolgen?

Hans. ganz langsam.) Ja=ja=

Lean legt die Pistolen auf die Erd= Wohl! so lasse itzt eine Probe davon sehen, Allo! zieh dich aus!

Hans. Warum? mir ist nicht warm.

Lean. Zieh dich nur aus, du wirst es schon sehen, warum du dich ausziehen sollst; sieh, ich zieh mich auch aus. (er ziehet sich aus.)

Hans, vor sich. Was soll das werden? (er zieht sich auch aus.) **Lean.** legt des **Hans.** Röckel auf eine, und sein Kleid auf die andere Seite des Theaters, stellt den **Hans.** zu seinem Gewand, und giebt ihm eine Pistole in die Hand, **Hans.** macht dabey seine Lazzi. sodann stellt er sich zu seinem Kleid, und nimmt gleichfalls eine Pistole in die Hand.

Hans. zu **Lean.** Was soll das werden, wollen wir Vögel schiessen?

C **Lean.**

Lean. Nein! uns wollen wir erschiessen.

Hans legt die Pistole weg und will sich wieder anziehen.

Nein das laß ich gewiß bleiben.

Lean. Halt zaghafter, oder ich schieß dich übern Hauffen, heist dieses seinen Herrn lieb gehabt, heist dieses treue Dienste geleist, du willst dich weigern mit deinem Herrn ein gleiches Schicksal zu ertragen, pfuy schäm dich Bärnhäuter!

Hans. Sie werden ja nicht prätendiren, daß ich aus Lieb zu ihnen mich erschiessen soll, das ist kein Bedienter schuldig, aber wann ich glaubt hätt, daß das der Ausgang von meinem Dienst wär, so hätt ich darauf angeschlagen, und hätte mehr Besoldung begehrt, und sagen sie mir nur, warum sie sich erschiessen wollen?

Lean. Fragst du noch? weist du nicht, was ich mir in dem Haus des Odoardo vorgenommen habe, meine Worte sind unveränderlich, und da ich die Angela nicht besitzen kann, so will ich durch einen geschwinden Tod meiner Quaal ein Ende machen.

Hans. Wegen einem Weibsbild soll ich mich erschiessen? das wär die größte Narrheit, die ich begehen könnt; der alte Odoardo hat mir auch die Colombina abgeschlagen, aber deswegen könts mir nicht traumen, daß ich mich umbringen sollt, ich will dem Alten zum Verdruß leben, und wir können ja unsre Liebste gleichwohl noch bekommen.

Lean.

Lean. Nein, das ist nicht möglich! ich kenne den Eigensinn, und den Geiz des Odoardo, und da ich meine Angela nicht zur Frau bekommen kann, so soll sie durch meinen Tod erfahren, wie zärtlich ich sie geliebet hab? und du wirst mir Gesellschaft im Tod leisten, denn ich muß einen Bedienten bey mir haben.

Hans Nehmen sie sich derweil in der andern Welt ein Lehnlaquey auf, bis ich ohne dieß einmal nachkomm.

Lean Nein, du mußt mit mir sterben! bedenk einmal die Ehre, die wir von diesem Tod haben, die Welt wird uns unter die Helden zehlen?

Hw. Es ist mir lieber, die Welt zehlet mich unter die lebendigen Hienzen, als unter die todten Helden!

Lean. Du zaghafter, du mußt ja ohne dies einmal sterben! allo, mache fort, oder ich schieß dir die Seele beim Ellenbogen heraus!

Hw. (voller Angst) Potz tausend Fickerment, das ist ja doch nicht erlaubt, einen Menschen mit Gewalt aus Lieb zum Sterben zwingen! das ist ja doch nicht erhört worden.

Lean. Schweig, und gieb acht, bleib auf deinem Posto, nihm die Pistole und ziehl auf mich, alsdenn fange an zu zehlen 1. 2. 3. und sobald du drey sagst, so schießt du auf mich, und ich werde dich a Tempo über den Haufen schiessen.

Hw. stellt sich in furchtsame positur, und fängt an eines zu zehlen.

Lean.

Lean. Halt ein bevor ich sterbe, muß ich noch in dieser Einöde einige Worte meiner angebetteten Angela schenken, du kanst ein gleiches deiner Calombina zu Ehren thun. Angebettete Angela! ⸺

Hw. Verfluchte Colombina! ⸺

Lean. Weil ich in meinem Leben dich nicht besitzen kann ⸺

Hw. Ich wolt, daß ich dich in meinem Leben nicht gesehen hätt, aber weil ich dich gesehen hab⸺

Lean. So will ich aus Treue für dich, weil dich in eines anderen Armen zu sehen mir unmöglich ist,

Hw. So muß ich schandenhalber mit meinem rasenden Herrn⸺

Lean. Meinen Geist aufgeben.

Hw. Mein Geist erschiessen lassen.

Leand. (zu Hw) Nun mache fort, und commandire.

Hw. in seiner lächerlichen Positur fängt immer an 1. 2. zu zehlen, doch anstatt 3. zu kommen fängt er allzeit wieder 1. an, oder zählt 4. 5. statt 3.

Leand. Schweig still, weil ich sehe, daß du ein zaghafter Narr bist, so werde ich das Commando führen.

Hw. (fängt an zu zittern) Jetzt ists aus.

Lean. Gieb acht, und sobald ich drey sage, so schies auf mich; 1. 2. 3. (er schießt los.)

Hw. läßt bey dem Wort drey die Pistolen fallen, bevor Leander noch losgedruckt hat

die förchterliche Hexe.

hat, und fällt unter grossen Geschrey auf die Erde; zugleich eröfnet sich die auf der Seite an dem Gestatt stehende grosse Felsen, welche sich in ein Zauberkabinet verwandelt.

Zwölfter Auftritt.

Mägera eine Zauberin, welche aus dem Cabinet heraus kömmt, und die Vorige.

Mägera zu Leander.

Was unternihmst du rasender Liebhaber! weist du dein dir so theuer seyn sollendes Leben nicht besser zu schätzen, als daß du es deiner blinden Liebe aufopferst? was hält mich ab, daß ich statt meiner Dienstfertigkeit, dir nicht meine Rache widerfahren lasse?

Leander läßt die Pistolen fallen.

Wertheste Frau Zauberinn, Hexe oder Teuflinn! wie ich sagen solle, mein Liebe, meine übergrosse Liebe ist die Ursach, an dieser meiner Verzweiflung.

Mäg. Und war es dir nicht genug in deiner Thorheit so weit zu gehen? so hast du sogar deinen unschuldigen Diener zu dem Tod gezwungen?

Hv. (auf der Erde) Ja, er hat eh kein Fried gegeben, bis er mich erschossen hat.

Mäg (zu Hw.) Steh auf getreuer Diener deines närrischen Herrn.

Hw. Ich kann nicht aufstehen; ich hab einen Schuß.

Mäg.

Mäg. Probier es nur, und stehe auf, es ist dir nichts geschehen.

Hw. steht forchtsam auf, und nachdem er sich hin und her angesehen.

Es ist wahr, es ist mir nichts, es muß mich nur die Contusion niedergeschlagen haben.

Mäg. Hört mich, ich komme zu eurer Hülf hieher, mein Schicksal ist sehr wunderlich! ich bin eine Verwalterstochter, aus einem hier nahe liegendem Schlosse gebürtig, meine Eltern hatten mir öfters gesagt, daß es in dieser Gegend unsicher wäre, und als ich ein Mädchen von 18 Jahren war, so gieng ich einsmal ganz allein auf den Abend spatzieren; als ich in diese Gegend kam, so wurd ich auf einmal von einem dicken Staub umrungen, und eh ich mich versah, in diese Zauberhütte, die ihr hier sehet, gebracht; ein Zauberer Namens Schlickziroschurakas, wohnte in selber, er hatte sich in mich verliebt, deßwegen hatte er mich rauben lassen, es ware auch kein Mittel, mich von ihme los zu machen, 30. Jahr mußte ich bey ihm in dieser Höhle seyn, und mit ihm als seine Frau leben, durch diese Zeit lehrte er mir alle seine übernatürliche Künste, und als er starb, hinterließ er mir allen seinen Reichthum, mit dem Bedeuten, daß ich seine Künste fortsetzen, und zur Hülfe der unglückseligen Verliebten gebrauchen sollte. Widrigenfalls er mir den Hals umdrehen würde; da ich nun nach seinem Tode schon manchem Verliebten Hülf geleistet; man weis auch auf des Odoardo Gut gar wohl, daß

daß diese Gegend unsicher ist; man setzet mir auch nach, allein es war noch nie möglich, und wird niemals möglich seyn, mir beyzukommen; man heißt mich in dieser Gegend die förchterliche Hexe: denn erst im vorigen Jahre, hab ich des geizigen Odoardo Weingärten durch einen Hagel gänzlich zu Grunde gerichtet, euch beyden aber will ich also zu Hülfe kommen.

Lean. Mächtige Zauberinn, wenn Unglückselige anderst eurer Hülfe würdig seyn, so steht uns nur bey, daß wir uns an dem Odoardo rächen, und zu dem Besitze unserer Geliebten gelangen können.

Mág. Ich weis alles zum voraus, das erste versprech ich euch gewiß, das zweyte hingegen laß ich euch selbst über, denn ich kann euch sagen, daß eure Geliebten keineswegs so getreu sind, als ihr es euch einbildet; sie wohnen hier auf einem Landgute, wo ein Mangel an Mannspersonen, die sich für sie schicken, ist, deßwegen sind sie euch getreu, allein ich will euch durch ein, und andere Prob schon noch überführen, daß eure Liebsten euch ungetreu seyn können.

Lean. Mein Hauptabsehen ist nur, mich an dem eigensinnigen, und geizigen Odoardo zu rächen?

Hw. Allerliebste Madam Hex! wenn sie nur die Gütigkeit haben, und verwandeln den alten Odoardo in einen Rihnocerus, mehr verlang ich nicht.

Mág. Sorget euch um nichts, ihr sollt Genugthuung bekommen! ich selbst will meine Unter-

terhaltung dabey haben, doch damit ihr sehet,
wie weit meine Macht sich erstrecke, ja was
ich alles zu bewerkstelligen fähig bin, so will
ich euch kleine Probstücke hievon zeigen: doch
entsetzet euch an nichts, was ihr sehen werdet,
denn es soll euch nichts Leides geschehen.
(Mägera zu Leander und Hw.)

ARIA I.

Nehmt die unumschrenkte Macht
Meiner Künste wohl in acht!
Laßt euch unerschrocken sehen!
Denn euch soll kein Leid geschehen;
Wenn gleich alles kracht und bricht,
So bleibt ruhig, zittert nicht.
Sie macht mit dem Stabe verschiedene
Kreise in der Luft, und auf der Erde.
Pluto, Charon, Phlegeton,
Lethe, Stix, und Acheron,
Tantalus, und Radamas,
Sisiphus, und Salverkaß,
Teufeln, Furien der Höllen,
Hört mein ernstliches Befehlen,
Seyd zu meinem Wink bereit!
Man höret ein erschröckliches Geschrey.
Hört wie ihr Geschwader schreyt!
(Zu Hw. und Leander.)
Die Unmöglichkeit der Sachen,
Kann ich öfters möglich machen;
Mit dem Stab befehl ich nur,
Gleich gehorcht mir die Natur.

Ich

Ich darf einmal nur gebieten,
Alsbald muß das Waſſer wütten,

Der Fluß fängt an zu wellen.

Alsbald thürmen ſich im Lauf,
Die ſonſt ſanfte Wellen auf.
Kaum wird es von mir befohlen,
So hört man den Donner rollen,

Es kommen Wolken, welche die Sonne verfinſtern, wobey es donnert und blitzt

So entzündet ſich der Blitz,
So verſchwindt die Sonne Hitz.
Bäume kann ich auch beleben;

Die an dem Geſtatt ſtehende Bäume bewegen ſich.

Berge müſſen Feuer geben,

Der hinter dem Waſſer ſtehende Berg ſpeyt Feuer.

Und ein unbeſelter Stein,
Muß ein Frauenzimmer ſeyn.

Der an dem Waſſer ſtehende kleine Felſen, verkehrt ſich in ein Frauenzimmer.

An der Treue meiner Teufeln,
Dürft ihr keinesweges zweifeln;

Es kommen von beyden Seiten Teufeln von der Erde, welche einander umfangen, mitten kommt der Tod aus der Erde.

Seht ſogar der ſchlaue Tod!
Kommt, und ehret mein Gebotb,
Meine wohl gebauten Rieſen
Hab ich euch noch nicht gewieſen.

Es kommen zwey Riesen.
>Habt ihr sie genau betracht?
Sagt! sind sie nicht schön gemacht?
Gleichfalls muß ich meine Zwergen
Eurer Neugier nicht verbergen,
Von den Pagen müssen zween
Stäts an meiner Tafel stehn.

Es kommen vier häßliche Zwergen.
>Bären, Tyger, Löwen, Drachen,
Weis ich Lämmern gleich zu machen,

Es kommen fliehende Drachen, wie auch einige kriechende Thiere, welche sich der Zauberin zu Füßen legen.
>Seht, wie sanft ruhen sie hier!
O! die allerliebsten Thier. (sie streichelt
>>die Thiere.

Zu Leander und Hw.
>Nun habt ihr es schon gesehen,
Was durch meine Macht geschehen,
Drum Gespenster weicht zurück!
Fort in einem Augenblick.

Alle Gespenster entfernen sich, die Riesen gehen ab, die Zwerge auch, die Thiere kriechen, die Teufel umfangen sich wieder, und verschwinden, wie der Tod unter Feuer, die Drachen fliegen ab, die Wetterwolken verziehen sich, es hört auf zu donnern, und zu blitzen, die Sonne scheint wieder, das Frauenzimmer verwandelt sich wie-

die förchterliche Hexe

wieder in einen Felsen, die Wellen hören auf sich zu thürmen.

Du Natur! laß dich nun wieder
In die alte Ruhe nieder!
Thue meinem Wink genug,
Ohne mindesten Verzug.
           Zu Hw. und Leander.

Nu! wie gefallen euch diese Kleinigkeiten?

Lean. Es ist mir unbegreiflich, was ich gesehen habe.

Hw. Frau Hexin, sie haben schöne Hausofficier, aber warum haben sie denn das schöne Schatzerl wieder lassen zu einen Stein werden?

Mäg. Da ist nichts verlohren, ich kann in einem Augenblick hundert noch schönere Mädel herbeyschaffen.

Hw. (zu Mäg.) Wenn sie das können, so dürfen sie nur in die Stadt gehn, und denen Männern ihre wilde Weiber schön machen, so können sie grundreich werden.

Mäg. Höret mich! mein Nam ist Mägera, und mein Aufenthalt in dieser Höhle, allein, wenn ich auch bey euch nicht bin, so dürft ihr nur den Namen des Zauberers, von deme ich meine Künste habe, nennen; so könnt ihr alles machen, was ihr wollt, und ich werde euch allzeit beystehen; der Nam des Zauberers ist Schlickzieroschurakas.

Lean. Ganz recht, Schlickziroschurakas, (zu Hw.) du must dir ihn auch merken.

Hw. Das ist ja leicht zu merken, ich denk halt auf das Schlicken, und auf ein Kaß.

Mäg.

Mäg. So kommt nur in meine Zauberhöhle, ich werde euch schon weiteres sagen, was ihr zu thun habt, denn wir wollen zu unserm Spaß den Anfang machen.

Lean. Ich werde euch folgen. (also mit Mägera und Hw. in die Zauberhöhle ab, die sich wieder zuschließt.)

Ende der ersten Abhandlung.

Zweite Abhandlung.

Erster Auftritt.

Wald mit Odoardo Haus.

Angela und Colombina, die von der andern Seite der Angela entgegen kommt.

Angela.

Aber du bleibst auch so lange aus!, daß man dich kaum erwarten kann; wenn du nur mit deinem Hanswurst schwätzen kanst: deine Fräule mag zu Hause thun, was sie will; du weißt, wenn ich von Leandern nur reden höre, daß ich mein Herz einiger maßen zufrieden stellen kann; sage! wo befindet sich Leander,

lies

liebet er mich noch, und wo wird er suchen mit mir zu sprechen?

Col. Ich bin eben beschäftiget gewesen, sowohl den Herrn v. Leander, als den Hw. aufzusuchen, ich bin deßwegen in das Wirthshaus gegangen, wo sie sich aufgehalten haben, ich hab sie aber daselbst nicht mehr gefunden; der Wirth hat mir soviel sagen können, daß sie die Zeche doppelt bezahlet, und beyde von ihm halb rasend Abschied genommen hätten, und den Weg nach dem Walde weiter fortgegangen wären, er habe sie zwar nach der Ursache ihres Zorns gefragt, allein nichts anderst zur Antwort erhalten, als daß er die Pferde mit dem Kutscher nach der Stadt schicken, und weiters sich um nichts bekümmern solle.

Ang. Wie? soll sich Leander aus Liebe zu mir vielleicht in seiner Raserey ein Leid zugefüget haben? o Himmel! so zärtlich hätt ich nimmermehr geglaubet, daß mich Leander liebte, und ich darf mich wohl für das glückseligste Frauenzimmer unserer Zeiten schätzen, die einen so getreuen, und zärtlichen Liebhaber aufweisen kann; aber auch ich will dir zeigen, liebster Schatz! daß du dein Herz keiner Undankbaren geschenket hast: bey dem ersten Anblicke bin ich dein gewesen, nur du warest allzu grausam gegen mich, daß du mir vielleicht durch eine unüberlegte That das Vergnügen dich ewig zu besitzen entzogen hast, da uns doch beyde eine schnelle Flucht von einem tyrannischen Vater befreyen, und dabey glücklich hätte machen können:

nen: o treue Colombina! in kurzer Zeit wirst du deine Patronin verliehren, denn ohne Leandern zu leben, ist mir nicht möglich!

Col. Nu, nu, es ist noch nicht aus! Leander ist zu vernünftig, als daß er sich einem Frauenzimmer zu Gefallen, umbringen sollte, und zu deme ist der Hw. bey ihm, der wird ihm schon von allen Thorheiten abzuhalten wissen, und wenn sich der Zorn, und die erste Hitze wird gelegt haben, so wird er sich schon eines besseren besinnen: und ich versichere sie, Leander muß doch der Ihre seyn; denn, wenn ich sie nicht so lieb hätte, meinen Hw. wollte ich bald zum Manne haben, ich kann immer mich heimlich davon schleichen, und meine Besoldung könnte mir ihr Herr Papa niemals aufhalten; allein, ich weiche nicht von ihnen, sie sollen den Leander haben, und alsdenn heurath ich den Hw. und so bleiben wir beysammen.

Ang. Du tröstest mich einigermassen, aber mein Herz will mir doch ein Unglück vorsagen, ich kann mich, so sehr ich mich auch aufzumuntern suche, nicht beruhigen. Doch stille! wer kommt dort im schwarzen Kleide auf uns zu?

Col. Wer wird es doch seyn, es wird, der Schullmeister vom Dorfe seyn.

Zwey-

Zweyter Auftritt.

Hanswurst als Leichenbitter mit einem schwarzen Mantel, und langen Flor, und die Vorige.

(Hw. sehr ernsthaft sich umsehend.)

Ich weis nicht, wo ich das Haus des Hrn. Odoardo von Einhorn werd sprechen können, ich bin auf dem Landgut nicht recht bekannt, und —

Col. (zu Ang.) Er fragt nach dem Haus ihres Hrn. Vaters, so viel ich höre!

Ang. (zu Col.) Was wird er wohl bey meinem Vater wollen? rede ihn an!

Col. (zu Hw.) Nach des Hrn. v. Odoardo seinem Haus fragen sie?

Hw. Ja meine sterblichen Schönheiten, können sie mirs nicht sagen, wo dasselbe ist?

Col. O Ja! nur gar zu gut, dem dieses ist die Fräule Tochter des Herrn von Odoardo, und ich bin ihr Dienstmädel.

Hw. Was? no das ist brav, weil ich die lebendigen Insassen sind, so brauche ich das tode Haus nicht zu wissen.

Ang. Was verlangen sie denn bey meinem Hrn. Vater?

Hw. Sie werdens gleich hören. (er nimmt eine ernsthafte Stellung an sich, und fängt an auf folgende Art aus einem Zetul zu präoriren) Nachdeme der hochedle, hochgelehrte,

und

und gnädige Herr Monsieur von Leander, wie auch sein Valet de chambre, hoch- und wohlgeborne, edelfeste und großachtbare Hr. Hr. Monsieur Hanns weiland von der Wurst, das Leben mit dem Tod vernegociret, als wird hiermit gehorsamst gebetten, heut Abends bey der Erdenbestätigung, Leich, und Begräbniß unausbleiblich zu erscheinen.

Col. Was der Hanswurst ist tod?

Ang. Was? Leander ist gestorben? (fangen beyde erschrecklich zu schreyen an.)

Dritter Auftritt.
Odoardo, Anselmo, Riepel, laufen eilends über diesen Lärmen aus dem Haus, und die Vorigen.

Odoardo.

Gütiger Himmel! was ist das für ein Lärm?

Ans. O pohtausend Fikerment! was ist geschehen?

(Angela und Colomb. schreyen immerfort.)

Odo. Ihr Wechselbälge! was ists? was ist euch begegnet?

Ans. (zu Ang.) Mein Engerle! was schreyen sie, ist ihnen was übels begegnet?

Odo. (den Hw. sehend.) Was will der Mensch hier? was sucht der Leichenbitter bey euch da, was will er guter Freund?

Hw. (zu Odo.) Sind sie der Herr Odoardo von Zweyhorn?

Odo.

die förchterliche Hexe.

Odo. Einhorn will er sagen, ja das bin ich, warum? (Hw. in seiner Stellung wie zuvor, fängt an, wie oben aus dem Zetul zu lesen. Angela, und Colomb schreyen wie zuvor.

Odo. (zu Ang. und Col.) Je, so schreyt nicht so, ihr Närrinnen! (zu Hw.) der Herr von Leander ist gestorben, das ist doch ein unversehener Zufall!

Hw. Er ist nicht allein gestorben, sein Diener der Hw. ist auch gestorben.

Odo. O! wer wird auf diese Hauskanalie gedenken; der kann froh seyn, daß er tod, und dadurch mit schöner Manier dem Galgen entgangen ist

Hw. He! schimpfen sie keinen Todten, ein Leichansager ist ein Advokat, der von todten Partheyen lebt, und wer mir über einen Todten was redet, der kriegt ein so lebendige Ohrfeigen, daß er auf mich denken soll.

Odo. Erhitz er sich nicht, guter Freund! sage er mir lieber, wie es zugegangen, daß der Herr v. Leander, so geschwind gestorben ist?

Hw. Hören sie! dieß ist ein Spektakel, das die Welt noch nicht erlebt hat; aus lauter Disperation, daß sie in ihrer Amour nicht haben können glücklich seyn, haben sie sich einander erschossen; es ist erschröcklich anzusehen, wie sie auf der Erde liegen, dem Hrn. v. Leander hängt das Hirn beym Knie, und dem Hw. die Därm beym Ellebogen heraus.

D Anf.

Anſ. Das iſt ein erſchröcklicher Zuſtand, was die närriſche Liebe eines raſenden Menſchen alles unternehmen kann!

Hw. (zu Odo. auf Anſ. deutend.) Wer iſt denn der Herr?

Odo. Dieſer, Herr v. Anſelmo, der Bräutigam meiner Tochter.

Hw. Das iſt eine ſcandaloſe Compoſition von einem Bräutigam, der gehört mehr auf den Freythof, als in das Ehebethe.

Anſ. O mein lieber guter Freund! ob ich gleich von Auſſen etwas übertragen anſcheine, ſo bin ich doch von Innen friſch, jung, munter und geſund. (er huſt ſehr)

Hw. (vor ſich) Sagt der Hund er iſt friſch und geſund, und huſt, daß ihm die Lungel möcht beym Maul heraus ſpringen. (zu allen übrigen) Nu, werden ſie alſo die Liebe für die Verſtorbenen haben, und bey der Leich erſcheinen?

Odo. Bey der Leich will ich es zwar nicht verſprechen, aber ſo werd ich kommen den todten Leander noch einmal anzuſehen, und die Urſache ſeines Todes ein wenig in Augenſchein zu nehmen; denn wenn ich bey der Leich erſchiene, ſo möchte die Sache ein groſſes Aufſehen verurſachen, und beſonders weil es aus Liebe gegen meine Tochter, und noch dazu auf meinem Landgute geſchehen; man muß vielmehr ſuchen, die Sache, ſo viel es möglich iſt, geheim zu halten.

Hw.

die föchterliche Hexe.

Hw. Dafür sorgen sie nicht, es wird alles so still traktirt, wie es der Herr v. Leander noch mit seinen letzten Worten befohlen hat; sie liegen beyde in einem Gebüsch, das unweit von dem Wirthshause im Wald draussen ist, wo sie allzeit eingekehrt haben, und der Wirth hat sie auch indessen dort mit Geſträuſe zugedeckt liegen laſſen, und in ſein Wirthshaus nicht hineingenommen, damit kein Menſch etwas davon möcht innen werden, bis er ſie Abends durch mich, und noch einige andere verſchwiegene Gehülfen wird in dem Wald ganz ſtill eingraben laſſen.

Odo. Was iſt denn er alſo guter Freund! ein Leichenbitter, oder gar ein Todengräber, und wie kömmt denn er zu dieſer Affaire?

Hw Schauen ſie, ich bin ſonſt allzeit ein Leichanſager geweſen, gleichwie aber mancher Menſch ſchon zum Unglück gebohren iſt, ſo iſts halt mir auch ſo ergangen, ich bin in einer Stadt Anſager geweſen, wo mehr als dreymal hunderttauſend Millionen Inwohner waren, ich war auch Anfangs ſehr glücklich, ich hab alle Tag 15 bis 20 Leichen gehabt, und ich habe mein Geld ohne vieler Mühe leicht verdient, denn ſie wiſſen ſo, wenn ein Anſager nur zwey geſunde Füſſe, und ein geſundes Maul hat, kein Vernunft hat er ohnedem nicht vonnöthen, hören ſie, was geſchieht mir für eine Hiſtori, auf einmal verfolgt mich das Unglück, und ſtirbt kein Menſch mehr, und das hat 20 Jahr gedauret, daß kein Menſch geſtorben iſt, bis ich

D 2 denn

denn mein Erspartes alles verzehrt hab, und gezwungen gewesen zu dem Wirth hier in dem Wald, der mein Gevatter ist, zu reisen, und bey dem bin ich izt gegen 2 Jahr Kellner, und alles, was man schaft, im Hause; und weil sich das Unglück mit dem Hrn. v. Leander zugetragen hat, und er uns auch befohlen, daß wir seinen Tod ihnen melden sollen, so hab ich noch mein altes Ansagergewand hervorgesucht, und hab nach meiner alten Gewohnheit mein Schuldigkeit verrichten wollen.

Odo. Es ist schon alles recht, mein guter Freund! aber er muß die Sache so geheim halten, als es nur möglich seyn kann; ich möchte nicht gern, daß es heisse, daß dieser Zufall auf meinem Landgute geschehen wäre, ich werde ihn für seine Verschwiegenheit schon einmal belohnen.

Hw. Ja, da haben sie sich zu verlassen, nur das werd ich sie bitten, daß sie so gut sind und mir auf den Abend ihren Diener den Riepel hinaus schicken, daß er mir begraben hilft, dann allein bin ich es nicht im Stand zu verrichten, wenigstens soll er den Hansw begraben.

Odo. (zum Riepel) No, hast du Lust den Hw. zu begraben?

Riep. (weinend) Ja ich will ihm die letzte Treue anthun, und will ihn begraben, dann er ist in seinem Leben mein guter Saufbruder gewesen, also will ich auch zeigen, daß ich noch

im

die förchterliche Hexe.

im Tod sein treuer Saufbruder bin, und will ihn recht schön begraben.

Odo. Also kannst du auf den Abend ihm diese Liebe thun. (zu Hw.) Wir aber mein Freund! werden euch bald nachfolgen, und den todten Leander die letzte Visite machen.

Hw. No, so geh ich indessen voran, und warte ausser dem Wirthshause auf sie. (zu Angela die immer weint) Trösten sie sich schöne Fräule!

Denn ist der Himmel gleich, mit Wolken überdeckt,
So ist darunter doch die holde Sonn verstrekt,
Oft da man Blitz, und Schlag ganz sicher fürchten kann,
So theilt sich das Gewölk, so scheint die Sonn uns an.

(zu Col.) Was weinen sie mein Kind! wir sind zum Tod gebohren? (zu den beyden Alten auf sie deutend) der morgen, jener heut, der Tod bleibt keinem aus.

Die Welt ist uns ja nur zur Marter auserkohren,
Der Leib ist unsrer Seel nichts als ein Krankenhaus,
Und darum wünsch ich auch die Ehre bald zu haben,
Mit meiner eignen Hand sie beyde zu begraben.
(geht ernsthaft ab)

Riep. (weint.) Das war ein schönes Memorial.

Odo. Der Kerl ist zugleich Leichbitter, Todengräber, und Poet (zu Anselmo) Nu, was halten sie von dieser Beschaffenheit?

Anf. Was werd ich davon halten, ich bedaure zwar eines theils den Todfall des jungen Leanders, hingegen bin ich anderseits erfreuet, daß ich die gröste Hindernuß meiner Liebe dadurch gehoben sehe, inzwischen will ich meinem gewesten Nebenbuhler gerne die letzte Ehre erweisen, und mich bey seiner Beerdigung einfinden.

Odo. (zu Angela.) Du weinest noch immer meine Tochter, trockne deine vergebliche Thränen ab, sie dienen zu nichts, als mir Verdruß zu machen, und dich umsonst zu quälen, du kannst ihn doch nimmermehr lebendig machen, er ist einmal tod, seine Raserey hat ihn um das Leben gebracht, und diese zeigt dir, daß du glücklich seyest, einen Menschen nicht erhalten zu haben, der solchen rasenden Handlungen unterworfen gewesen ist; stelle dich zufrieden meine Tochter, du bist eine würdige Braut des Hrn. v Anselmo, der ein weit klügerer Gegenstand für dich, als der sich selbst ermordende Leander ist.

Ang. Ach, schmähen sie nicht auf meinen Leander, dessen Treue ihres gleichen nicht hat! schmähen sie nicht, wo sie noch von mir fordern, daß ich sie als einen Vater, und nicht als den Mörder meines Geliebten ansehen solle, nichts in der Welt soll vermögend seyn, den Leander aus der Gedächtniß zu bringen, er hat aus Liebe zu mir seyn einziges Leben aufgeopfe-
ter,

die förchterliche Hexe.

ret, und ich sollte ihn vergessen, und ihm nicht ewig treu seyn können; nein, das soll nimmermehr geschehen?

Ans. (zu Ange.) Aber trösten sie sich doch mein Engerle, und gedenken sie doch, daß sie eine Braut in meinen Armen- - -

Ang. (zu Ans.) Schweig alter Sathanas, in menschlicher Gestalt verhüllt! schweig dann die Hölle ist deine Braut? und deine verdorrten Arme sind die Mörderarme, welche meinem geliebten Leander das Leben genommen haben; hätte dich der allerelendeste Teufel schon vor einigen Jahren geholet, so hättest du dich um mich nicht unterfangen können, bey den kranken Runzeln deines wassersüchtigen und aussätzigen Körpers mich zur Frau bey meinem geizigen Vater zu begehren?

Ans. O potz Fikerment! das sind bestialische Zärtlichkeiten, das wird ein gutes Mariegigen werden.

Angel. (zu Ans.) Entweichen sie meinen Augen, denn sie scheinen mir ein Feuer speyender Basilisk zu seyn; ich sehe das Blut meines Leanders, sowohl an ihrem viereckigten Wanste, als an dem Körper meines geizigen Vaters, kleben!

Odo. (zu Ang.) Mädel! hat dich die Tarantula gestochen, was Teufel redest du, schweig! und mach deiner Raserey ein Ende, oder ich will dir zeigen, was du zu reden hast (vor sich) Das Mädel ist völlig närrisch. (zu Colom.) Geh Colombina, mache du die gescheide; rede deiner Fräule zu, daß sie sich zur Ruhe giebt, und ihre Raserey endet.

(Colomb. fängt entsetzlich zu schreyen an, und redet unter lauter Schluchzen und Weinen.)

Ich- ich - sollte meiner Fräule zureden- ich, ich die ich gleich unglückselig mit ihr bin - - nein Mörder! nein Dieb! - - nein Straßenrauber! - ich werde sie nicht hindern - - sie hat recht - - sie beyde haben ihren Leander - und mein Hannswurst - Hannswurst umgebracht - - sie (zu Odo.) Geitzteufel! - - und (zu Anf.) und dieser verfaulte alte Spitalkörper - die sind Ursach an dem Tod unserer Geliebten! - : Rache - - Rache über euer Blut. (Angel. und Colo. schreyen entsetzlich.)

Riepel. Das ist ein Geschrey, als ob wer gestorben wäre.

Anf. (zu Odo.) Was wird das werden Hr. v Odoardo, das sieht übel aus?

Odo. (zu Anf. - Das wird sich alles geben, denn es sind nur die Früchte der ersten Hitze, wenn sie sich werden ausgeweint haben, wird sich die Sache schon anderst weisen; ich kann ihnen zwar gestehen, daß es mir selbst nicht lieb ist, daß Leander dieses unternommen hat; denn, wenn die Sache bekannt wird, so wird man halt doch vielleicht mich in etwas beschuldigen: allein geschehen, ist geschehen, es wird noch alles gut werden, meine Tochter wird sehen, daß sie den todten Leander nicht lebendig weinen kann, so wird sie schon andere Gedanken

die förchterliche Hexe

ken bekommen; wenn sie also wollen, so gehen wir ein wenig hinaus, wo die Todten liegen, und veranstalten, daß sie gleich begraben werden, denn es ist besser, wenn sie einmal unter die Erde kommen, damit nicht etwa ein, oder andere Leute sie zu sehen kriegen.

Ans. Ja dieses wollen wir veranstalten.

Odo. Zu unserer mehreren Sicherheit, weil vielleicht doch in dieser Sache eine Schelmerey stecken könnte, soll der Riepel uns dahin begleiten, und zwey gut geladene Flinten mitnehmen, damit wir uns im Falle einer bevorstehenden Gefahr sicher halten können, meine Tochter aber, und die Colombina werde ich indessen zu Haus einsperren.

Ans. Sehr wohl mein Herr v. Odoardo, dieses ist alles klug gehandelt.

Odo. Allons Angela-Colombina fort ins Haus.=

Ang. Nein, diß ist umsonst, ich gehe nicht in das Haus, bis ich meinen Leander noch einmal gesehen habe!

Col. Ich auch nicht, ich muß meinen Hannswurst sehen!

Odo Und das wird nicht geschehen, das soll just nicht seyn!

Ang Wenn sie mir dieses wehren, so erwarten sie ein Unglück, das sie gewis nicht vermuthen sollen.

Col Wenn ich meinen Hannsw. nicht sehen darf, so krieg ich die Frais.

Odo.

Odo. Kriegt was ihr wollt, ihr dürft nicht mitgehen. (Ang. und Col. fangen entsetzlich an zu schreyen.)

Ans. O Rubensikrement! ich verliehre noch mein bräutigamisches Gehör bey der Historie.

Odo. (zu Ans.) Ich bin ganz verwirrt, ich weiß nicht, was ich machen soll. — ich will sie doch dahin führen, vielleicht erweckt der tode Leander ein grösseres Abscheuen in ihr, als der lebendige Leander ihr Liebe verursachet hat; sie soll ihn sehen, und dieses soll zu dero Vortheil dienen, sie müssen sich gerade bey dem todten Leander stellen, da wird sie doch die Unmöglichkeit von der Möglichkeit unterscheiden, sie wird doch sehen, daß dieser ein todter, und sie ein lebendiger Liebhaber sind, sie wird den Unterschied zwischen den Todten, und dero Gestalt sehen, und ob sie gleich ein wenig abgelebt aussehen, so müßte es doch viel seyn, wenn sie nicht durch ihre Gegenwart noch einen todten Körper zu verschandeln im Stande wären.

Ans. Gut! ich lasse mir alles gefallen, wenn ihre Tochter nur dadurch zu gewinnen ist.

Odo. (zu Ans.) Wir wollen sehen, (zu Ang. und Col.) nu, ich gebe euch die Erlaubniß mit zu gehen, wofern ihr aber einen Lärmen, oder sonst ein Unanständigkeit anfängt, so laß ich euch mit dem Leander, und Hannsw. lebendig eingraben. (zu Riepel.) Du nimm aus meiner Rüstkammer zwey geladene Flinten, und trage sie mit, damit wir uns in allen sicher stellen. (zu Ang. und Col.) Ihr aber folget mir nach

in

die fürchterliche Hexe,

in das Haus. (alle in das Haus ab, bis auf den Riepel.)

Riep. Der Herr Leander muß ein grosser Narr gewesen seyn, daß er sich deßwegen erschießt, weil ihm der Schwiegervater die Tochter nicht gegeben hat, wenn ich ein Mensch carmaßieren thät, und der Vater wollt mirs nicht geben, so erschiesset ich den Schwiegervater, und ich blieb am Leben, und thät die Tochter heurathen. (und auch in das Haus ab.)

Vierter Auftritt.

Wald, mitten steht ein sehr breiter und hoher Felsen, auf einer Seite ein Wasser, auf der andern Land; auf der Erde liegt einiges Gesträusse.

(Hw. und Leander, beyde in der Kleidung, in der sie sich zuvor haben erschiessen wollen.)

Lean. Hast du ihnen die Sache recht natürlich gemacht?

Hw. Daß es eine Freud war, mich wundert, daß sie noch nicht da seyn.

Lean. Hast du an der Angela grosse Traurigkeit wahrgenommen?

Hw. O hören sie! der Angela und Colomb. ihr Schmerz ist nicht zu beschreiben, sie haben sich gestellt, als ob sie rasend werden wollten.

Lean. Wenn es ihnen auch nur recht von Herzen gegangen ist?

Hw.

Hw. Das weis ich nicht, ich glaube es; allein wer hat einmal ein Perspektiv erfunden, womit man einem Weibsbild in das Herz sehen kann, aber wenn es ihr Ernst nicht wäre, was hätten sie Ursach sich so zu stellen; sie glauben ja, daß wir itzt schon tod seyn

Lean. Du hast recht Hw. nun verlassen wir uns einzig auf den Schutz der Zauberin Mägera, sie wird uns in allen beystehen; itzt legen wir uns daher, als ob wir tod wären, und bedecken uns mit diesem Geträusse, so bald der Odoardo mit der Angela, und deiner Colomb. kömmt, so ersehen wir unsern Vortheil, und suchen sie zu entführen, und durch den Namen Schlickziroschurakas mit ihnen sicher davon zu kommen, wenn wir sie nur einmal bekommen, so machen wir unsre Heurath ohne Verzug richtig, alsdenn kann sie der Odoardo zurückfordern, wie er will.

Hw. Wenn wir sie einmal ein paar Jahr haben, vielleicht bitten wir den Odoardo selst, daß er sie uns wieder zurück nihmt. Aber still, ich glaube sie kommen schon. (er sieht in die Scen) Pravo sie seynd es.

Lean. Allo mach, laß uns niederlegen, mit diesem Geträusse bedecken, und tod anstellen! (Hw und Leander legen sich neben dem Wasser auf die Erde, und bedecken sich mit dem Geträusse.

Fünf-

Fünfter Auftritt

Odoardo, Anselmo, Angela, Colomb. und Riepel, welcher zwey Gewöhr tragt.

(Odoardo zu Anselmo.)

Ich weiß der Plunder nicht, wo wir hingehen sollen, der Leichenbitter, der auf uns zu warten versprochen hat, läßt sich nicht sehen, und bey dem Wirthshause sind wir schon vorbey, mithin kann es von hier nicht weit mehr weg seyn (Anselmo schaut auf das Gesträusse.)

Herr Odoardo, wo ich mich nicht irre, so seh ich würtlich hier etwas Verdecktes liegen, lassen sie uns näher gehen. (sie geben alle näher.)

Odo. Sie haben recht Herr v. Ansel. wir werden uns nicht betriegen. (zu Riepel.) Geh Riepel, thu das Gewöhr ein wenig weg, und decke das Gesträusse auf, daß wir sehen können, was darunter steckt.

Riep. Ich trau mir nicht gnädiger Herr, es möcht mir was geschehen.

Odo. Was soll dir geschehen, dummer Hund? du mußt, ich will es haben!

Riepel legt das Gewöhr weg, und unter Zittern fängt er an den Hw. aufzudecken, der ihn bey dem Fuß erwischt, und niederwirft. Riepel auf der Erde schreyt erschröcklich.

Riep. O weh, gnädiger Herr! ein Geist, der Tod, ein Gespenst! der Hw. hat mich niedergeschmissen!

Odo.

Odo. (hebt ihn auf.) Esel! deine Furcht hat dich niedergeschmissen; steh auf, und nihm dein Gewöhr wieder!

Riepel steht auf, und nihmt das Gewöhr.

Gnädiger Herr, es hat mich wahrhaftig was bey dem Fuß genommen!

Odo. Ich will dir deine Furcht gleich benehmen. (er deckt den Hw. und Lean. auf nachdem zu Ripel) Siehst du Esel, was die Einbildung macht! was hat den mich beym Fuß genommen? nichts. (zu den übrigen) Hier sind die zwey rasende Liebhaber.

Ang. und Col. fangen an zu schreyen, und vor den todten Körpern niederzuknien.

Ang. O mein Leander! o mein getreuer Schatz!

Col. O mein liebster Hw! du Exemplum, sine exemplum!

Odo. (zu beyden.) Macht mir kein Geschrey, sag ich! oder ich jag euch gleich weg.

Anf. (zu Odo.) Ich kann diese beyde Körper nicht ansehen, ohne daß ein gewisser kalter Schweiß über meinen sonst so hitzigen Körper laufe.

Ang. O mein allerliebster Schatz, mein Leander! der du das Opfer der Liebe, und des grausamen Eigensinns meines Vater geworden bist! wenn du noch fähig bist, aus den elisäischen Feldern, auf deine Angela zu blicken, so sehe mich hier vor deinem entseelten Körper liegen, und bey diesem schwör ich dir, die ewige Treue; denn, da ich dich nicht erhalten können, so will ich auch keinen andern, wer er

im-

die förchterliche Hexe.

immer ist, Antheil an meinem Herzen nehmen laſſen. (ſie weint ferners.)

Anſelmo ſtellt ſich neben den todten Leander zu der Angela.

Aber mein Engerle, hören ſie doch auf zu weinen! betrachten ſie ſtatt dem ſtinkenden todten Körper, ein friſches lebendiges Objektum, das ihnen den Verluſt des Leanders durch eine Mariage erſetzen kann; was wollen ſie ſich bey dem Todten aufhalten; kommen ſie als eine Braut in meine muntere Arme. (will ſie aufheben.)

Ang. (ſtößt ihn zurück.) Zurück, du lebendiges Geſpenſt, das mir mehr Abſcheu, als eine Legion hölliſcher Furien verurſachet! unterſtehe dich nicht, auch mit dem verfaulenden holden Körper meines Leanders zu vergleichen, wo du nicht willſt, daß ich meinem Leander zum Rachopfer, dir die halbſtarren Augen aus deinem Bachusgeſichte herausreiſſe. (ſie weint fort.)

Anſ. (zu Odo.) O potz tauſend! es kömmt immer ärger Herr v. Odoardo.

Col (zu des Hw. Körper.) Mein liebſter Schatz! mein goldener Hw. weil du aus unerhörter Liebe zu mir dein junges ſchwarzbartiges Leben verlaſſen haſt, ſo ſchwör ich dir bey deinem holdſeligen Körper, daß ich dir zu Lieb mich niemals verheurathen, ſondern eine ewige reine Jungfer bleiben will.

Hw. nieſt auf der Erde.

(Alle raffen untereinander zur Geſundheit,

Odo-

Odoardo fragt alle, ob sie geniestet hätten, worauf jedes nein, antwortet.

Odo. Was Teufel, ich habe ja niesten gehört?

Anf. Ich desgleichen, wer muß wohl noch etwa hier in dieser Gegend seyn?

Riep. Das war des Hw. sein Niester, ich kenn ihn aus der Sprach, er hat bey seinem Leben auch just allzeit so gniest.

Odo Sollte etwa der schelmische Geist des Hw. welcher in seinem Leben ein Inbegrif aller Schelmerey gewesen, noch nach dem Tod den Leuten Possen machen? doch es sey, was es will, es läßt sich nichts mehr hören.

(Anselmo zieht den Odoardo auf die Seite.)

Hören sie, ich bitte sie, was ich bitten kann! machen sie, daß die zwey Körper begraben werden, mir schaudert die Haut vor Schröcken, ich kann unmöglich mehr hier bleiben?

Odo. Wenn sich nur der Leichenbitter sehen liesse, aber er kömmt nicht, ich liesse sie gern durch den Riepel eingraben, aber der Kerl wird es nicht umsonst thun wollen, und was soll ich anderer Leute wegen Geld weg schenken.

Anf. Wenn es darauf ankömmt, ich will es gerne bezahlen, wenn der Riepel nur das Herz hat, sie zu begraben.

Odo. (ruft den Riepel.) He! hast du das Herz, den Leander, und den Hw. zu begraben?

Riep. Ja!

Odoardo, Anselmo, und Riepel unterreden sich von dem Eingraben untereinander weiters: indessen stehen Leander und Hw. auf,

den-

die förchterliche Hexe. 65

deuten der Angela, und Colombine, daß sie sich nicht entsetzen sollten, und wollen sie abführen, und da sie schon gleich an der Scene sind, erblicket solches Odoardo, hierüber entstehet ein grausames Geschrey, Odoardo, Anselmo, und Riepel wollen ihnen nachlaufen, Hw. und Leander lassen die Angela, und Colomb. zurück, und laufen ab. Odoar. nihmt dem Ripel ein Gewöhr weg, mit dem andern beist er ihn den Hw. und Leander verfolgen, Riep. lauft ab, Angel, Colom. gleichfalls unter Geschrey ab; Odoar. bleibt mit einer Flinte nebst dem Ansel. auf dem Theater, allenfalls den Hw. und Leander abzupassen; indessen kömmt Leander und Hw. in einer Wolkenmaschine gefahren auf das Theater, Riepel lauft ihnen auf der Erde nach, und will sie in der Luft herab schiessen, allein sein Gewöhr geht nicht los, und in dem Augenblick fahren Hw. und Leander in der Luft hinter den grossn Felsen, und sogleich kömmt von der andern Seite eine eben solche Wolkenmaschine, mit einem eben so gekleideten, doch ausgeschopten Hw. und Leander von der Felsen auf der Seite des Wassers hervor, Odoar. schlest in die Luft auf sie, und alsogleich bricht die Wolkenmaschine auf dem Theater entzwey, so daß der ausgeschopte Hw. und Leander unter grossem Geschrey des rechten Hw. und Leanders in das Wasser stürzen.

E   Odo.

Odo. Nun haben die Schelme ihren rechten Rest erhalten, aber hab ich es nicht gesagt, daß es eine Schelmerey seyn wird, so sind beede Kerls gar Luftfahrer geworden, mein Herz lacht mir noch vor Freuden, daß ich sie so schön herabgebelzt habe.

Riep. Wie ich ihnen hab wollen nachlaufen, so bin ich etliche Schritt weg gewesen, so haben sie alle zwey etwas vom Kaß geschrien, und den Augenblick sind sie in der Luft gewesen, und davon gefahren.

Odo. Das Wort Kaß, wird ein solches Zauberwort gewesen seyn, welches ihnen in ihrer Kurs gedienet haben mag, doch es sey was es will, wir sind nunmehr von aller künftigen Unruh, und Plag befreyt.

Anf. Ich zittere am ganzen Leibe vor Schröcken, das was ich itzt gesehen hab, so lang ich denke, nicht erlebt. Aber wo wird die liebenswürdige Angela mit der Colombina hingeloffen seyn, vielleicht thun sie sich in der Verzweiflung ein Leid an?

Odo. O sorgen sie sich darum nicht, sie werden schon nacher Haus kommen, denn erstens wissen sie nicht, daß Leander und Hw. nun würklich tod sind, und darum werden sie sich in Hofnung sie noch zu erhalten, nicht umbringen, und verlohren werden sie uns auch nicht gehen, denn, weil die zwey Erzschelme tod sind, so haben wir uns keiner Nachstellung wegen mehr zu befürchten; kommen sie, wir wollen uns doch aus dieser Gegend machen, denn

man

die förchterliche Hexe.

man hat mir ohnehin öfters gesagt, daß es in diesem Theil meines Landguts nicht allzusicher wäre, und daß sich öfters eine gewisse Madame Teuflin, hier sehen lasse, vielleicht hat auch diese ein wenig den Leander und Hw. unterstützt.

(Odoardo, Anselmo, und Riepel ab.)

Sechster Auftritt.

Wald mit Odoardo Haus.

(Mägera allein.)

Nun hab ich meinem Spaß zwischen dem Leander, und Odoardo einen Anfang gemacht, und obgleich der Odoardo glaubt, daß er den Leander, und Hw. nunmehro erschossen, oder doch in dem Wasser ertrinken gemacht habe, so wird er doch zu seinem grössern Erstaunen und Schrecken bald wahrnehmen müssen, daß beyde ihme zur Qual, noch am Leben seyen, ich habe mich einmal dieser unglückselig Verliebten angenommen, und also soll ihnen gewiß auch kein Leid widerfahren, aber der Odoardo sowohl, als der halb verstorbene Anselmo, und alle, die es mit ihnen halten, sollen die Rache empfinden, die ich gemäß meiner Zauberpflicht an den eigensinnigen, oder geldgierigen Eltern die ihre Kinder ihrer Gewinnsucht aufopfern, und mit Zwang verheurathen wollen, zu nehmen pflege; zwar soll niemand etwas an dem Leben geschehen, aber in die äuserste Verwirrung und Furcht, will ich sie zu setzen suchen, Leander und Hw.

E 2 sollen

ſollen bey dieſer Gelegenheit glücklich werden, ſie ſollen erſtens ſehen, daß die meiſten Weibsperſonen nur damals einem Mannsbild treu ſind, wenn ſich nicht mehrer Anwerber ihrer Schönheit finden, ich werde ſowohl der Angela, als Colombine Treue auf die Probe ſetzen, und ob ich zwar zum voraus weiß, daß dieſelbe Schifbruch leiden wird, ſo ſollen doch Leander, und Hw. ſelbſt lebendige Zeugen ſeyn; wollen ſie alsdenn dennoch ſo thöricht handeln, und ihre untreuen Schönheiten heurathen, ſo können ſie es thun, ſo iſt es meine Schuld nicht, ich habe meine Schuldigkeit gethan, und ſie können ſich es ſelbſt zuſchreiben, wenn ſie betrogen werden: doch eben hier kömmt ſowohl Angela und Colomb. ich will mich ein wenig auf die Seite machen. (ſie gehet auf die Seite.)

Siebenter Auftritt.

Angela, Colombina, und die Vorige.

Colombina.

Mein Herz, macht vor Freuden lauter Capriolen in meinem Leib, daß ihr Gnaden der Herr von Leander, und mein Hw. noch lebt.

Ang. Wer weiß es, meine liebe Colombine, ob ſie würklich leben? wer weiß, ſind es nicht etwa ihre Geiſter geweſen, die uns verfolgt haben.

Col. O, machen ſie mich zu keiner Närrin! ich weiß ja, was ein Geiſt iſt, ich habe meinen Hw. bey der Hand gehabt. Ang.

die förchterliche Here

Ang. Und gesetzt, daß sie auch damals noch am Leben gewesen wären, wer weiß, ob sie nicht schon der Wuth meines rachgierigen Vaters, der sie auf allen Seiten verfolget, werden haben unterliegen müssen.

Col. Sobald ihnen der Riepel nachgeloffen ist, sobald hab ich beyde aus den Augen verlohren, und das ist wohl ein Zeichen, daß sie sich alsogleich werden durch die Flucht in Sicherheit gesetzt, und verborgen haben.

Ang. Der Himmel schütze meinen getreuen Leander auf allen Wegen.

Colombina in die Scene sehend.

Da kömmt der Riepel auf uns zugeloffen.

Achter Auftritt.

Riepel, und die Vorige.

Riepel zu Angela und Colombina.

No, ich gratulire! ihre beyde Herren Liebste, die habens in ihrer Kunst weit gebracht, sie sind schon gar Hexenmeister, und Luftfahrer geworden.

Ang. Schweig Flegel! oder ich werde dich lehren, Respekt vor meinem Leander tragen, ich will ja nicht hoffen, daß der geringste Dienstboth im Haus schon sein Gespött mit mir zu haben sich unterstehen wird?

Col. O, schreiben sie es seiner Dummheit zu, gnädiges Fräulein! was weiß denn der Ochs, was er redt.

Riep.

Riep. Ey ich weiß schon, was ich red; aber brav hats mein gnädiger Herr herunter geschossen, wie die Spatzen.

Ang. Wen hat er herunter geschossen?

Riep. Den Hrn v. Leander, und den Hw.

Ang. Was sagst du?

Riep. Die Wahrheit; wie ich im Wald dem Leander, und Hw. bin nachgeloffen, so seyn sie auf einmal, weil sie Teufelskünstler seyn, auf einer Wolken in der Luft herum gefahren; mein gnädiger Herr aber ersiehet seinen Vortheil, wie sie just haben wollen über das Wasser fliehen, und schießt alle zwey von der Wolken herab, daß sie sind in das Wasser gefallen, jetzt seynd sie halbs erschossen, halbs ersoffen, und alle zwey mauß tod.

(Angela und Colomb. fangen an zu lamentiren.)

Mägera geht hervor.

Mäg. (zu Angela und Colomb.) Glauben sie es nicht, meine Frauenzimmer, der Kerl ist ein unverschämter Lügner, ihr Leander, und ihr Hw. seynd beyde noch am Leben, und befinden sich sehr wohlauf.

Riep (zu Mäg.) Schau der alte Rammel da, was hat denn sie mich zu Lugen zu strafen, sie wird mirs wohl nicht von der Nase weg disputiren, was ich mit Augen gesehen, und mit Ohren gehört habe.

Mäg. Kerl, du lügst! Leander und Hw. sind nicht tod, aber du magst wohl besoffen seyn.

Riep (zornig) Was? ich besoffen, du altes Rabenscheid, ich hab es gesehen, wie mein gnädiger

diger Herr, den Leander und Hw. in der Luft erschoſſen, und in das Waſſer hat fallen machen.

Mäg. Schweig! es iſt erlogen.

Ang. Ich weiß nicht, wem ich glauben ſoll.

Mäg. Glauben ſie mir gnädige Fräule, denn ich ſage ihnen die gewiſſeſte Wahrheit.

Riep Nein, ſie lügt! ich ſag ihnen die Wahrheit, ſie werden mir wohl eher glauben, als der fremden alten Vetel da.

Mäg. (zu Riep.) Wer biſt denn du Kerl, daß du dich unterfangſt mich eine alte Vetel zu heiſſen?

Riep. Wer ich bin? - - ſchmecks!

Mäg. Du biſt ſehr keck, ſag mir, wer biſt du denn?

Riep. (ſpöttiſch.) Ich kann dir nicht mehr ſagen, als ſchmecks.

Mäg. Nu, ſo ſollſt du auch durch lange Zeit nichts anders ſagen: als ſchmecks. (ſie klopft ihn mit dem Zauberſtab auf den Buckel.)

Ang. Aber ſagen ſie mir, wer ſie immer ſeyn mögen; iſt denn mein Leander tod.

Mäg. Nein ſchöne Fräule, ſorgen ſie ſich um den Leander und Hw. nicht! beyde ſind am Leben, ſo gut als wir immer ſeyn können, geben ſie ſich zufrieden, ſie werden ſie in Kurzen zu ſehen bekommen, denken ſie an mich, unterdeſſen bis ſie mich werden beſſer kennen lernen; anizo aber rath ich ihnen, daß ſie ſich in das Haus begeben, denn ihr Herr Vater wird den Augenblick hier eintreffen.

Ang. Ich danke ihnen für ihren Troſt, und will ihnen gehorſamen, (geht in das Haus ab.)

Col.

Colomb. sieht die Mägera stark an, und sagt vor sich.

Ich möcht schon wissen, wer das Weibsbild ist, aber ich trau mich nicht zu fragen, sie giebt einer Hex eine starke Anmahnung (ins Haus ab.)

Mäg. (vor sich.) Betrachte mich nur vorwitzige Colombina, du sollst doch nicht erfahren wer ich bin. (zu Riepel) Du aber grober Schroll, bleib mit deinem Schmecks nur auf diesem Platz stehen. (geht ab.) Riepel ihr nachruffend.

Schmecks! da Riepel allein ist, will er zu reden anfangen, weil er aber nichts als Schmecks sagen kann, so fängt er einen ganzen Discurs mit sich selbst von dem einzigen Wort an, als zum Exempel, schmecks, schmecks.

Neunter Auftritt.

Edoardo, Anselmo, und die Vorige.

Edoardo, der den Riepel stehen sieht, zu Riep.

Nu Narr, was stehst denn du so da?

Riep. Schmecks!

Edo. Was sagst du?

Riep. Schmecks.

Edo. Wo hast du die Art gelernet Flegel, so zu reden mit deinem gnädigen Herrn?

Riep. Schmecks!

Edo. Kerl, bist du ein Narr worden?

Riep. Schmecks!

Edo. Bist du besoffen?

Riep. Schmecks!

Edo. Herr v. Anselmo, was fängt mein Riepel an?   **Ans.**

die fürchterliche Hexe. 73

Anſ. (zu Riep.) He, Rieperle! was iſt dir geſchehen?

Riep Schmecks!

Odo. O! das iſt aus der Weis, das muß Bosheit ſeyn; meine Tochter, oder ſonſt wer, muß ihn angelehrnt haben. (zu Riep) Haſt du meine Tochter, und die Colombine nicht geſehen?

Riep. Schmecks!

Odo. O! das iſt aus der Weis, ich will dir Manier lernen, du Canalie. (Odoardo prügelt den Riepel auf dem Theater herum, bis in die Scene.)

(Riepel ſchreyt immer ſchmecks, ſchmecks, und ab)

Odo. (ruft ihm nach.) Schmecks - - wenn es dir ſchmeckt, mir ſchmeckt es gewiß auch, aber ſehen ſie nur Hr. v Anſelmo, wie ich von allen Seiten gequält bin, einen Verdruß auf den andern.

Anſ. Aber ich verſteh es nicht, was eine ſolche Verſtellung dem Riepel nutzen kann.

Odo. Aber ich verſteh es wohl, er wird halbt von meiner Tochter, oder dem Mädel ſich haben, beſtechen laſſen, uns für Narren zu haben, oder ſonſt nichts von ihnen auszuſchwätzen, und da läßt ſich der Kerl, wegen etlichen Siebzehnern, die ſie ihm werden gegeben haben, halb tod ſchlagen, eh er was verrathet, ich weiß, was das Geld bey der Welt machen kann, ich glaub um etliche Siebzehner ließ ich mich ſelbſt prügeln.

Anſ.

Anf. Sie wissen nicht, was sie reden, lassen
sie uns das Verdrüßliche auf die Seite setzen,
und ein wenig in ihrer Behausung ausruhn.
Odoardo willigt ein, wollen in das Haus
gehn, ausselben aber kommt.

Zehnter Auftritt.

Hw. mit einer Kreinzen als Böck aus dem
Haus mit Aria, und die Vorige.

ARIA II.

Ein Böck ist halt ein ganzer Mann!
Nicht weils ers Brod nur backen kann,
Nicht weil er selbst den Taig macht an,
UndSalz undSchmalz, undKimm thut dran,
Denn das machts noch nicht aus!
Bey ein recht galanten Böcken,
Giepts a Kipfel, Semmerl, Wecken,
Bretzen, Schöberl, und zur Noth,
Beigel, und französisch Brod;
Alles das gnug für jedes Haus:
Und ein Böck muß sich brav plagen,
Sbrod in Kreinzen umertragen,
Wenn er gleich die ganze Nacht
Taig abknödet, schiebt und bacht;
Er muß auch in Aengsten stehen,
Thut nur das geringste gschehen,
Wird sein Beutel noch brav grupft,
Oder er ins Wasser gschupft;
Es sht ams ja kein Mensch nicht an,
Ein Böck ist halt ein ganzer Mann!

Odo.

die förchterliche Hexe

Odo. Schau, der Böck! wie der lustig ist, was hast denn du im Haus gemacht?

Hw. Das Wochenbrod, gnädiger Herr, hab ich vors Gesind eini tragen.

Odo. Ist meine Tochter, und die Colomb. im Haus darinnen?

Hw. Darnach hab ich nicht geschaut, ich hab das Brod nur der Köchin vorgezehlt, und bin wieder meine Wege gegangen.

Odo. Ja, bist du schon lang bey dem Böckenmeister auf meinem Landgut, ich wüste niemals, daß ich dich bey mir gesehen hätte?

Hw. Ja, ich trags nicht allzeit her, es sind unser zwey, und da wechseln wir halt um, ich bin itzt schon bald ein Jahr bey meinem Herrn.

Odo. Ja, wer hat denn dir so schöne Lidel gelehrnt, du scheinst ziemlich lustig, und vergnügt bey deinem Brod zu seyn.

Hw. Ja, wenn sie es haben wollen, so möchte ich mich schon ein wenig mit ihnen in ein Discurs einlassen; aber ich muß mein Kreinzen ein wenig niederstellen, denn sie ist ein bissel schwer.

Odo. Setzt sie nur nieder. (zu Anf.) Der Kerl gefällt mir, ich will meinen Spaß mit ihm haben, ich muß doch sehen, ob meine Tochter schon zu Hause ist, he Angela, Colombine!

Hw. stellt die Kreinze auf die Erd.

Eilf-

Eilfter Auftritt.

Angela, und Colombina aus dem Haus, hernach Leander aus der Kreinzen und die Vorigen.

Ang. Was schaft der Herr Vater?

Odo. Ich hab nur sehen wollen, ob ihr zu Haus seyd. (zu Ans.) Sie müssen ihnen nicht sagen, daß der Leander und Hw. tod sind, es wäre denn, daß sie es ehe schon wüßten.

Ans O! ich bin mause still.

Angela stellt sich neben die Kreinze, und Anselmo neben Odoardo, fängt mit dem Bécken an zu reden, indessen guckt durch die Verschwindung Leander bey der Kreinze heraus, küßt der Angela die Hand, und verschwindet wieder; Anselmo der solches ersieht, macht Lärmen, und erzehlt, daß er den Leander habe aus der Kreinzen herausschauen, und der Angela die Hand küssen sehen; Odoardo lacht ihn aus, beißt ihn in der Einbildung leiden, Hw. als Bock, befindet sich darüber afrontiret, stürzt seine Kreinze um, und zeigt, daß sie leer seye, und stellt sich hernach wiederum an den alten Ort, dieser Spaß wird zwey, dreymal repetirt, bis endlich Odoardo den Anselmo unter Vermelden, daß er voll Phantasey und Schrecken wäre, auch sich lieber in das Haus um auszuruhn begeben solle, in das Haus (ab) sobald
Odo.

die fŏrchterliche Hexe.

Odoardo mit Anselmo in das Haus abgeht, steigt Leander aus der Kreinze, und Hw. giebt sich gleichfalls zu erkennen, nihmt die Kreinze, und führen die Angela und Colombina davon, (und ab) gleich darauf.

Zwölfter Auftritt.

Odoardo aus dem Haus vor sich.

Der Anselmo ist ein zaghafter Narr, es liegt ihm noch immer der todte Leander im Kopf; (er sieht sich um) aber wo Teufel sind denn die Mädeln samt dem Böcken hingekommen? mich kömmt ein gewisser Schauer an, ich weiß nicht, was mir vorgeht, Herr v. Anselmo! Hr. v. Anselmo!

Ans. (ruft im Haus) Gleich, was wollen sie? ich komme schon!

Odo. Geschwind, Herr v. Anselmo!

Dreyzehenter Auftritt.

Anselmo mit einer Schlafhaube, einem schwarzen und einem weissen Strumpf, einen Schuh und einen Pantofel anhabend.

Ans. Je, was Teufel lärmen sie so? ich bin schon halbs ausgezogen, und habe just ein wenig ausruhen wollen; was ist ihnen geschehen?

Odo. Gedenken sie, der Böck, und meine Mädel sind pritsch weg und fort!

Ans.

Anf. Was? aber hab ich es nicht gesagt, daß hierunter eine Schelmerey stecke, ich habe ja, so wahr ich lebe, den Leander sehen aus der Kreinze herausschauen, und der Angela die Hände küßen.

Odo. Aber was Teufel, wie ist das möglich, der Leander ist ja tod?

Anf. Tod, oder nicht tod, ich hab ihn in seiner wahren Gestalt gesehen, und es geht hier eine Schelmerey vorbey, es mag seyn, wie es will.

Vierzehenter Auftritt.

Riepel, und die Vorige.

Riepel (vor sich) Ich laß mirs nicht nehmen, das Weibsbild muß ein Hex gewesen seyn, denn itzt hab ich mein natürliche Sprache wieder, (sieht den Odoardo) o! das ist wohl ein Glück, daß ich sie hier antref.

Odo. Bist du da du Schmecks, du verfluchter! traust du dich noch vor meinen Augen sehen zu laßen, du Canalie!

Riep. Gnädiger Herr, ich bitt um Verzeihung! ich muß seyn verhext worden.

Odo. Was verhext? Bosheit wars von dir, du Galgenstrick!

Anf. Laßen sie ihn doch ausreden.

Riep. Ich bin verhext worden, denn erst zuvor, eh sie mich geprügelt haben, bin ich daher kommen, und hab der Fräule Angela und Colombina erzehlt, daß der Leander, und der

die förchterliche Hexe.

Hw. ihren Rest kriegt haben, auf einmal kommt ein altes Weibsbild hervor, und sagt, es sey alles nicht wahr, und der Leander und Hw. seyn noch am Leben; ich fang mit ihr an zu disputiren, die fragt mich, wer ich bin, so hab ich gesagt: schmecks, und/ darauf muß sie mich verhext haben, denn ich hab auf einmal nichts mehr sagen können, als schmecks.

Odo. Je, das ist Teufeley, Zauberey.

Anf. Ja, ja das weiß ich am besten, denn meine Augen lassen sich nicht betrügen.

Riep Ja, ich muß ihnen noch was erschrecklicheres erzehlen, den Augenblick, weil ich jetzt daher geh, so begegnet mir der Leander mit der Fräule Angela, und der Hwr. mit der Colombina, und in einer Authorität seyn sie in das Wirthshaus, das da gleich im Wald liegt, hineingegangen.

Anf. (zu Odo.) Hören sie, daß ich mich nicht betrogen habe!

Odo. Aber wie ist es möglich, daß die Todten in das Wirthshaus gehen, das muß verteufelte Hexerey, und Zauberhistorie seyn?

Anf. Freylich ist es nichts anders, und das alte Weibsbild, daß dem Riepel seine Sprache verhext hat, die muß diejenige seyn, die sich durch ihre Hexerey unterstützt.

Odo. Allons es seye, wie es sey, und wenn sie der Teufel schützet, so muß ich meine Tochter wieder haben, da ist kein Augenblick zu versäumen; allo Herr von Anselmo! allo Riepel! Curage! gehn wir geschwind in das Haus, und

be-

bewafnen uns, sodann eilen wir alsobald in das Wirthshaus, und wollen mit aller Gewalt Recht suchen, und so es uns nicht gelingt, so laß ich eine halbe Legion Bauern dazu ausrücken. (und alle ins Haus ab)

Fünfzehnter Auftritt.

(Wald mitten ein Wirthshaus.)

Leander, Angela, und Colombina.

Diese unterreden sich von ihrer Liebe, Leander meldet auch, daß der Hw. sich schon in dem Wirthshaus befinde, und alle Anstalt mache, die Alten, falls sie kommen sollten, auszuzahlen. Gehen endlich alle drey in das Wirthshaus ab.

Sechzehnter Auftritt.

Odoardo, Anselmo, und Riepel alle mit Stock und Degen.

Odo. Da sind wir schon bey dem Wirthshause, wir wollen Anfangs sehen, ob die Sache sich nicht mit gutem richten läßt, oder ob wir etwa die Weibsbilder mit Vortheil heraus bringen können; der Wirth ist ja dahier auf meinem Landgut, und ich hoffe nicht, daß er sich unterstehen wird, mich zu hintergehen, oder wen zu schützen, den ich verfolge; sollt es aber
allen=

die förchterliche Hexe. 81

allenfalls seyn, daß ein Gewalt vonnöthen wäre, so wirst du Riepel, alsogleich dir angelegen seyn lassen, den Richter, und so viel Bauern, als möglich ist, zusammen zu bringen.

Ans. Mir wäre es lieber, wenn ich bey der ganzen Affair nicht seyn dürfte.

Riep. Ich will mich wehren bis auf den letzten Tropfen Blut.

Odo. Der Herr v. Anselmo ist ein Hasenfuß, doch wir wollen es gleichwohl richten, allein man muß ganz still darein gehen (*Odoardo klopft an das Wirthshaus ganz sachte.*)

Siebzehnter Auftritt.

Hw. als Wirth aus dem Wirthshaus.

O gnädiger Herr v. Odoardo! sind sie es? das ist wohl ein Gnad für mich, daß sie sich auf mein Wirthshaus bemühen! mit was kann ich ihr Gnaden bedienen? wollen sie etwa gar bey mir einlogieren, die Gassengelegenheit hab ich erst heut ausputzen lassen, diese steht ihr Gnaden zu Befehl, ich will gleich aufmachen.

Odo. Ich brauch weder seine Gassen noch seine Hofgelegenheit, er soll mir nur aufrichtig bestehen ob meine Tochter, die Colombine, und der Hw. nicht bey ihm in Haus sind?

Hw. Was soll ichs euer Gnade verschweigen, ja sie sind alle darinnen, ich bin ein ehrlicher Mann, ich sage ihnen die Wahrheit, was hab ich von den jungen Leuten, ihr Gnaden bin ich

F schul-

schuldig mehr zu gehorsamen, als der Fräule; ja sie sind darin, sie essen und trinken am besten, daß es eine Freud ist, und sie schimpfen auf sie, und auf einen gewissen alten Herrn v. Anselmo, daß es ein Schand und Spott ist.

Odo. Bravo, er ist ein ehrlicher Mann! ich werde bey allen Gelegenheiten zeigen, daß ich für ihn, mein lieber Wirth, ein Gnädiger Herr bin; jetzt aber wollen wir die Zeit nicht versäumen, sondern sie überfallen.

Hw. Aber ich bitte, nur schön still, denn wanns was merken, so kunten sie sich verschliesen, und sich, derweil wir im Zimmer suchten, davon schleichen, ich gehe voran, nur hübsch still, ich bitt gar schön, sie verderben sonst den ganzen Spaß.

Odo. Das ist ein lieber Mann, er läßt sich die Sache angelegen seyn; geh der Herr nur voran, wir wollen schon unsre Sache gut machen, Herr v. Anselmo, Riepel! ich bitte nur still. (sie gehen den Hw. nach, und da Hw. im Haus ist, und Odoardo auch hinein will, schlägt er ihm die Thür vor der Nase zu)

Odo. (ganz still) He, Herr Wirth! der Herr hat zugesperrt! mach der Herr auf, (klopft ganz sachte an) he, Herr Wirth! mach er auf, sag ich! (Odo. zornig) je was Teufel! was ist das? hat sich denn alles verschworen, uns für Narren zu halten? soll der Wirth, den ich vor einen ehrlichen Mann gehalten hab, mit meiner Tochter auch verstanden seyn! ha, ha, der Hacke will ich bald einen Still finden;

Rie-

die förchterliche Hexe

Riepel, allo! H. rr v. Anselmo wir wollen mit Gewalt hinein brechen!

Anſ. Ich fürcht immer es ſetzt Wixe, und ich bin es gar nicht gewohnt; bey nahe ſollt mir der Apetit zum Heurathen vergehen!

Riep. Das iſt ein geſpaßiger Mann der Wirth, ich habs ſelber nicht gemerkt, daß er uns gefoppt hat; aber laſſen ſie es nur gehn, gnädiger Herr! ich will gleich die Thür einſprengen, und ſieh ich, daß es Schläg abſetzen möcht, ſo hole ich geſchwind die Bauern.

Odo. So recht Riepel! wartet ihr Nichtswürdigen, komm ich hinein, ich will euch zeigen, wer ich bin! wenn ich böſe werde.

Riep. Wenn ich den Wirth erwiſch, ſoll ich ihm das Kreutz eintretten, oder einſchlagen? mir iſt das alles eins, es geht in einer Mühe hin.

Odo. Um den Wirth bekümmere dich nicht viel, nur auf meine Tochter, und die Colombine richt dich, daß du ſie feſt hältſt, den Wirth will ich ſchon erwiſchen.

Riep. O Safrement! itzt geht es darüber her. (er lauft gegen die Thür, ſogleich verwandelt ſich das Wirthshaus in ein Paruckenmachergewölb, Mägera, Angela, und Colombina als Peruckenmachergeſellen, desgleichen Leander, ſind mit Accomodiren beſchäftiget. Hw. als der Herr geht dem Odoardo, Anſelmo, und Riepel entgegen,) ſogleich fängt ſich an die Aria.

Mägera,
ARIA III.

Lustig Gesellen! zur Arbeit nicht faul!
Hier hab ich euch neue Kundschaften zu
weisen,
Greift nach dem Kampel, Pomade und
Eisen,
Butzet und scherret den Barth von dem
Maul!
Lustig Gesellen! zur Arbeit nicht faul!
Mägera, Angela, Colomb. und Leander.
Wir wollen alle unsere Sachen,
Recht fleißig, und geschickt heut machen,
Die Kundschaft freut uns sonderbar,
Die hat für unsre Hände Haar.
Hw.
Nun so verweilt nicht, legt Händ an das
Werk!
Zeigt im Friesiren anheut eure Stärk!
Richtet die Haare, und schneidt das Tou-
pee!
Odoardo, Anselmo, und Riepel.
Auweh, ihr Herren! o jeckes, auweh!
Mägera, Angela, Colomb. und Leander.
Wir wollen alle unsre Sachen, ꝛc. wie oben.
Hw.
Laufet, und rennet!
Senget, und brennet!
Knüpft die Parocken,
Krauset die Locken,
Richtet die Haare, und schmiert das Tou-
pee.

Andie fürchterliche Hexe

Anselmo, Odoardo, und Riepel
Auweh, ihr Herren! o jeckes, auweh!
Mägera, Angela, Colomb. und Leander.
Wir wollen alle unsre Sachen, ꝛc. wie oben.
Hw. Mägers, Angela, Colombina und Leander.
Laßt uns für unser grosses Bemühen
Nun den verdienten Lohn auch ziehen,
Gebt alte Lumpen, Geld itzt her!
Sonst fordern wir es mit der Scheer.
(Mäg. Angela, Colomb. und Leander, ab.)
Da aber Odoardo, Anselmo, und Riepel nicht bezahlen wollen, kommen einige Teufeln, welche die alten abjagen, und sodann auf den Hw. los gehen wollen, Hw. fängt an mit Haarbuder unter die Teufel zu stauben, und mit dieser Scene ab.

Ende der zweyten Abhandlung.

Dritte Abhandlung.

Erster Auftritt.

(Wald mit Odoardo Haus.)

Odoardo, Anselmo, Riepel, Richter, und Schulmeister.

Odo. Ja, mein lieber Richter! es ist nicht anderst, mein ganzes Landgut ist zu einem Tumelplatz der Hexen geworden, es ist die höchste Zeit, daß man diesem Uebel abzuhelfen suche, denn ich bin meines Lebens wahrhaftig nicht mehr sicher:

Rich. Gnädiger Herr, vor ihnen zu reden, es ist schon gar lang bekannt, vor ihnen zu reden, daß es auf ihrem Landgut, vor ihnen zu reden, nicht gar sicher ist, denn meine Bauern, vor ihnen zu reden, haben schon, weil ich denken kann, von verschiedenen Hexereyen, vor ihnen zu reden, erzehlt; allein, ihr Gnaden, vor ihnen zu reden, so müßt es doch viel seyn, wenn man dem Uebel nicht sollte abhelfen können.

Schulm. Gnädiger Herr! ponamus caseum, daß auch würklich ein Theil von dem Landgut unsicher seyn sollt, wie zwar Bauern, und andere Leut davon resigniren, so ist der

die förchterliche Hexe. 87

Leuten ihre Einmargination und Einbildung selbst oft daran Ursach, sie glauben was zu sehen, oder zu hören, und ob es schon eine pure Funktion ist, so erzehlen sie es doch weiter, und das macht nacher eine ganze Convulsion im Ort.

Odo. O mein lieber Schulmeister! die Confusion ist nicht ohne Ursach, ich hab es bereits erfahren, daß die Teufelskünsten hier im Schwung gehen; ich habe todte Leute wieder lebendig werden, und lebendige in der Luft wie die Vögel fliegen sehen, ich bin augenblicklich in andere Gegenden gerathen, ich bin auf das jämmerlichste accomodirt, und noch dazu meiner Tochter verlustiget worden, und welcher nur halb vernünftige Mensch sollte anderst denken, als daß dieses lauter Teufterey, und Hexenpossen sind.

Anf. Ich hab es bey meinem Barbieren auch genug empfunden, daß es nicht natürlich hergeht, und derselbige Böck, der muß der Teufel gewesen seyn.

Riep. Ich hab bey meinem Haarschnitt den leidigen Teufel gesehen, und die Alte mit ihrem Schmecks, die ist gewiß die Urheberin von allen Hexereyen.

Richt. Aber vor ihnen zu reden, so hab ich, ob ich gleich schon über 10 Jahr als Richter, vor ihnen zu reden, hier bin, in meinen Leben nichts gesehen, noch auch was anders gehört, als daß manche Bauersleut, vor ihnen zu reden, gesagt haben, daß auf dem gleich neben dem

Mar-

Marke liegenden Schloß, vor ihnen zu reden, zu Zeiten poltern, und sich bey der Nacht ein feuriger Gasbock, vor ihnen zu reden, soll sehen lassen.

Schul. Ich kampier die ganze Sach nicht, denn ich bin oft um Mitternacht bey dem Schloß vorbey gangen, aber ich müßte die Unwahrheit lügen, wenn ich wollt unter den Leuten ein Spargement ausstreuen, als ob ich mein Lebtag was unrechts gesehen hätt.

Odo. Ihr mögt alle zusammen etwas, oder nichts gesehen oder gehört haben, so haben, alle diese Teufeleyen ihre unstrittige Richtigkeit, meine Tochter, und ihr Mädel sind entführt, und man muß alle Mittel anwenden, sie zu suchen, und wenn sie in den sibenden Theil der Welt, oder auch bey dem Teufel selbst wären.

Richt. Vor ihnen zu reden, gnädiger Herr! so kann der Aufenthalt der Zauberer, oder Hexen, wer sie seyn, vor ihnen zu reden, nirgends anders, als in dem alten Schloß, vor ihnen zu reden, seyn, und da muß man auf ein Mittel denken, sie auszurotten.

Schulm. Ihr Gnaden sind Herr, und haben über alles zu disputiren, aber, wenn ich därfte mein Sentomer dazu geben, so glaubte ich, daß es das beste wär, wenn mir heut bei der Nacht mit einigen Bauern in das öde Schloß giengen, sie ganz in Proviser überfielen, wenn sie just in der größten Confusion sind, und liessen nicht Zeit sich zu erhollen, sondern thätens gleich mit der ganzen Forz an
ba=

Die föchterliche Hexe.

backen, binden, und in Arrest nehmen, und sollten sie auch mit ihrer Zauberkunst uns einen Possen spielen wollen, so confundiren sie nur auf mich, ich werd sie schon zu kriegen wissen, denn ich kann selbst ein bißel mehr, als Biern braten.

Odo. Nu der Gedanken mißfällt mir nicht, denn man muß die Wurzel von diesem Gift ausrotten, sonst möchte eine Frucht daraus werden, die mein ganzes Landgut inficiren, und mir gar das Leben kosten könnte; wir wollen also alle zusammen mit Zuziehung unserer Bauern, sobald es Nacht ist, die Untersuchung vornehmen, und den zauberischen Leander, und den Hw. die Hälse brechen. (zum Richter und Schulmeister) Machet nur alle mögliche Anstalt, und erwartet unser, ausser den Häusern bey dem grossen Lindenbaume, der an der Strasse steht, dort werden wir eintreffen, sobald die Nacht hereinbricht.

Richt. Gnädiger Herr! wir werden, vor ihnen zu reden, nicht ermangeln, uns zu gehöriger Zeit mit aller nothwendigen Vorsorge, einzufinden; ich empfehle mich euer Gnaden gehorsamst! vor ihnen zu reden. (und ab.)

Schulm. Euer Gnaden können sich auf unsere Tapferkeit verlassen, ich hab die Ehre mich zu renomiren. (ab.)

Odo. Das sind doch ein par wunderliche Phantasten, und doch mag ich sie von meinem Landgut nicht abschaffen, denn sie dienen mir getreu, und was das meiste ist, um einen sehr geringen Gehalt, und Narren müssen doch auch Brod haben; kommen sie mein wertester Herr von Anselmo indessen in mein Haus, bis die Nacht näher hergerückt, damit wir uns zu Ausführung unsers Vorhabens, desto gefaßter machen können!

Ans. Mein lieber Herr v. Odoardo! ich bin nicht willens mich weiteren Verdrüßlichkeiten auszusetzen, ich habe auf mein Lebtag genug, ich begebe mich wieder dahin, wo ich hergekommen bin; ich verlange ihre Tochter nicht zu heurathen, der Teufel könnte bey dieser Heurath nicht allein die Braut, und den Schwiegervater, sondern endlich mich auch noch dazu holen, und davor bedank ich mich schönstens. (will abgehen.)

Odo. Nein ich lasse sie nicht fort, sie müssen ehe Satisfaction bekommen, wegen allen, was ihnen hier geschehen ist, und das soll heute Nacht geschehen, meine Tochter muß sie heurathen, mein väterlicher Gewalt—

Ans. Was, Gewalt? ich will in keine gezwungene Mariage mich einlassen, ihre Tochter soll den Teufel, der sie würklich careßiret, heurathen.

Odo. Es braucht hier nicht vieles reden, sie sind ein reicher Mann, sie müssen mein Schwiegersohn werden, und ich bin der ehrliche Mann, der ihnen in allen Genugthuung leisten will, dieses aber soll heute Nacht in ihrer Gegenwart geschehen, wo ich meine Tochter, und sie ihre Braut wieder erhalten und wo wir alle Teufeln, Hexen,

Heren, Zauberer, Alraunen, Furien, Truden, und alles schädliche Gesmeiße verbannen, und zu Grund richten werden.

Anſ. Ich laſſe mich mit keinem Menſchen, zu geſchweigen erſt mit dem leidigen Sathanas, in Händel ein; machen ſie, was ſie wollen, laſſen ſie nur mich mit Ruhe von hier reiſen.

Odo. Nein, das geſchieht ehe nicht, bis wir gerochen ſind; ſie müſſen mit in das Zauberſchloß, und eine Legion Bauern ſoll zu ihrer Bedeckung ſey; ja zu noch mehrerer Sicherheit ſoll der Riepel, mein tapferer Riepel, ihnen ſtäts zur Seite ſeyn, und in allen Stücken auf ſie acht haben, daß ihnen ja nichts Leids wiederfahret.

Riepel heimlich zu Anſelmo.
Laſſen ſie es nur gut ſeyn, ich bleib bey ihnen, und ſobald was kommt, ſo nihm ich mein Knittel mit allem Gewalt über die Achſel, und lauf davon, und ſie laufen mit mir.

Anſ. Ja Rieperle, da käm ich übel zu Theil, ich kann nicht mehr laufen, meine Füſſe ſind ſchon zu langſam dazu!

Odo. Gehen ſie nur, gehen ſie nur, wir werden ſchon alles machen. (zu Riepel) Du halt dich fertig mit Spieß und Stangen, Flinten und Degen, Karthaunen und Schlüſſelbüchſen, und laß dich, ſobald es recht finſter wird, bey mir wieder ſehen. (und führet den Anſelmo in das Haus ab.)

Riep. (allein.) Es iſt halt gleichwohl ein gefährliche Sach, daß ich ſollt mitgehen heut Nacht;

Nacht; ich werd mich hart in ein Gefecht mit
dem Teufel einlassen: zwar ein Rach hätt ich,
ich möcht den Teufel schon einmal eins schenken,
denn er hat mich auch schon genug kuinirt. –
ich möcht schon gerne mein Zorn an ihm aus-
lassen; Parole! wenn mir mein Herr etliche
Bauern mitgiebt, ich greif den Teufel an, und
rauf mit ihm, gesetzt auch, daß er mir ein paar
Ohrfeigen giebt, so seyn die andern da, und
packen ihn derweil an, und schmeissen ihn nieder, haben wir ihn einmal auf der Erde, so
setz ich mich auf ihn, und will ihn auch so sau-
tzen, daß er sein Lebtag ein blaues Aug haben
soll; der Teufel soll mich hollen, wenn ich den
Teufel nicht prügel.

ARIA IV.

Der Teufel mag der Teufel seyn,
Ich mag mir ein Teufel draus!
Denn geht ein Hausknecht einmal drein,
So lacht er den Teufel aus;
Er wirst halt, was er wixen kann,
Schlagt alles krumm und lahm,
Und fangt der Teufel mit ihm an,
So schlagt er den Teufel zsamm.

* * *

Kein ärmerer Teufel ist ja nicht,
Als wie der Teufel ist;
Und läßt der Teufel mir kein Fried,
So wichs ich den Teufel gwiß,

Der

Der Teufel gleich den Teufel hol,
Dem Teufel zu ein Spott:
Ich schlag beym Teufel, werd ich toll,
Den Teufels Teufel tod. (nach der Aria
auch ab in das Haus.)

Zweyter Auftritt

Angela, und Colombina.

Colom. zu Angela.

Das hätt ich doch in meinem Leben nicht geglaubt, daß ich zu einen Friseur einmal werden sollte.

Ang. Mein liebe Colombine! ich weiß nicht, wie mir ist, mein Herz ist voll Schwermuth und Furcht, und mein ganzes Leben scheinet mir ein Traum zu seyn; alles, was wir sehen, alles, was uns begegnet, ist Blendwerk, und Zauberspiel, und was wird endlich der Ausgang einer so fatalen Liebe seyn?

Col. Lassen sie es gut seyn, gnädige Fräule, ein wenig wollen wir der Sache noch zusehen, wenn sie der Herr v. Leander nicht bald heurathet, so jagen sie ihn zum Teufel, so wie ich es meinem Hw. machen will; wir haben ja nicht Ursach uns an einen Liebhaber zu binden, wir seyn jung, wir haben schöne, gute, dauerhafte Gesichter, und nihmt uns der Peter nicht, so nihmt uns der Paul, und das gilt gleich, wenn es nur ein Mannsbild ist.

Ang.

Ang. Du denkst ein wenig gar zu flatterhaft, es ist zwar gewiß, daß der Leander mir allgemach etwas abhold zu werden anfängt, allein daran ist nicht so viel, mein wankendes Herze, als die vielen Hindernissen dieser Liebe, und die übernatürlichen Mittel, deren sich Leander dabey dienet, wie nicht minder der Widerwillen, und Haß meines Vaters, den er dieser Liebe wegen mir wiederfahren läßt, Ursach.

Col. Ein wunderliches Gesicht wird ihr Herr Vatter ja machen, wenn er sie wieder sehen wird, er wird glauben, daß wir wegen der Grobheiten, die ihm und dem Anselmo begegnet, ein eigenes Complot zusamm gemacht haben, und in der That haben wir hieran gar keine Schuld, denn ich weiß bis itzo noch nicht, wie wir dahin und in solche veränderte Gestalt gekommen sind, und wie wir endlich wieder just daher gerathen.

Ang. Mir war es nicht anderst, als ob ich in einem stäten Schlaf gewesen wäre, aus welchem ich erst itzo wieder erwacht bin; nun wird es das beste seyn, Colombine, daß wir uns ganz still in das Haus meines Vaters begeben, und uns so lange verbergen, bis wir ingeheim erfahren, wie stark der Zorn meines Vaters sey. (und in das Haus ab.)

Col. Ja, gnädiges Fräulein! (vor sich) wer Teufel soll wegen einen Amanten so viel Verdruß leiden, es giebt ja tausend Mannsbilder auf der Welt, (und gleichfalls nach Haus ab.)

Drit-

Dritter Auftritt.

(Mägera als Cavalier, unter den Namen des Grafen von Ganßbiegel, Leander als Kammerdiener, unter einem Gefolge von Laqueien, Laufern, und Heyducken, wovon einer der Hw. ist.

Mäg. Nun soll unser Spaß bald zu Ende gehen, der alte Odoardo hat mit Berathschlagung seines Richters und Schulmeisters sich vorgenommen heute Nachts das Schloß, worinnen ich meinen Aufenthalt habe, zu durchsuchen, und uns in Verhaft zu bringen, allein dieses sein Unternehmen soll sowohl ihm als allen, die er dazu gebrauchet, theuer zu stehen kommen, er soll es sich vergehen lassen, die Mägera in ihrem Wohnsitz zu stöhren, bevor aber will ich mein Versprechen halten, und die Treue eurer Geliebten auf die Probe stellen, da sollt ihr es vermuthet habet, und ob es sich der Mühe gelohnt hätte, euch selbst wegen ihnen zu ermorden.

Lean. Wertheste Mägera! wie vielen Dank bin ich dir schuldig, daß du dir so viele Mühe meinetwegen machest, mit was werd ich dir deine Gnaden ersetzen können?

Mäg. Ich diene euch zu eurem und meinem Vergnügen aus Pflicht, wie ich euch gemeldet habe, denn es liegt mir selbst daran, den Odoardo einige Possen zu spielen, macht nur eure Sachen ist, so wie wir es verabredet haben,

so

so wird schon alles gut gehen, du Hw. mache den Anfang, so wie ich dich schon unterrichtet habe, wir aber wollen uns indessen auf die Seite machen. (Mägera mit dem Leander, und dem Gefolge ab.)

Hw. (allein) Itzt hat die Liebe sogar aus mir ein Heyducken gemacht, was wird wohl noch aus mir werden? aber sey es wie es will, der Colombina ihre Treue auf die Prob zu setzen, unternehme ich alles in der Welt; ich will itzt hingehen, und meine Komödie spielen, wie mir es die Mägera befohlen hat. (er klopft an des Odoardo Haus.)

Vierter Auftritt.

Odoardo ohne Hut und Degen aus dem Hause.

Odo. Was giebt es schon wieder? (vor sich) he! was Teufel, gar ein Heyduck?

Hw. Sind sie der Herr Odoardo v. Einhorn?

Odo. Ja, guter Freund! der bin ich.

Hw. Kennen sie meinen Herrn Grafen?

Odo. Was weiß ich, wer sein Graf ist, ich kenn ihn nicht.

Hw. Aber ich kenn ihn gut, meinen Herrn.

Odo. Nothwendiger Weise muß er seinen Herrn kennen, weil er sein Diener ist, was geht dieß aber mich an.

Hw. Das geht sie stark an, denn er hat von ihrer Tochter gehöret, daß sie soll ein Gesicht ha-

haben, und deßwegen, weil er ohne dieß hier vorbey reist, wäre er begierig sie zu sehen.

Odo. Mein lieber Freund! meine Tochter ist kein Schaugericht für die reisende Cavaliers, und sein Graf wird wohl mehr Frauenzimmer mit Gesichter gesehen haben?

Hw. Er reist aber in der Welt herum, um sich eine Frau auszuschauen, und wo er vorbeyreist, und hört, daß ein schönes Mädel seyn sollte, so muß er es sehen, und die ihm recht nach seinem Kopf, und seiner würdig ist, die heurathet er vom Fleck weg

Odo. Ja, wenn der Vater sie ihm giebt, aber sonst nicht; was ist denn endlich sein Herr für ein grausames Wunder der Welt, daß er unter den Frauenzimmern so herum mustert?

Hw. Es sind seine Excellenz der Herr Graf von Ganßbiegel!

Odo. Ganßbiegel! (er lacht heftig) hab ich in meinem Leben einen närrischeren Namen gehört.

Hw. He! moderir sich der Herr, der Herr lacht wie ein Stockfisch, wenn der Herr wissen thäte, was in dem Namen Ganßbiegel stecket, so wurde der Herr anderst Respekt haben.

Odo. Das kann seyn, aber es ist der Namen Ganßbiegel, schon närrisch, daß man unmöglich auf Respekt denken kann.

Hw. Sie müssen nicht glauben, daß mein Graf den Namen Ganßbiegel von einer Eipeltauer, oder sonst von einer Martiniganß herführt, sondern er führt seinen Adel und den Namen von den Gänsen her, die das Capitolium zu Rom erhalten haben, weil sein erster Stam̃menvater Aesculapius damals Stadtcomendant in Rom gewesen ist.

Odo. Ich habe in meinem Leben nicht gehört, daß damals, als die Römer Gänse das Capitolium erhalten haben, ein Aesculapius in Rom gewesen sey; allein ich untersuche dieses gar nicht, sondern sag er mir nur, wie sieht denn sein Herr aus? hat er brav Geld? beschreib er ihn mir ein wenig

Hw. Wenn ich ihnen alles beschreiben wollte, so hätte ich ein halbes Jahr zu erzählen, aber ihnen kurz zu sagen, mein Herr Graf ist ein blutjunger Mensch, wohl gemacht, nicht mehr als 2 Augen im Kopf, weiß und roth wie ein Fleischbank, seine eigene Haare; er kann alles, was ein Mensch auf der Welt nur wissen kann, er redet 289 Sprachen, und Geld hat er, das ist nicht auszusprechen; er hat alle Tag einmalhundert tausend Louis D'ors Einkommens, und wenn er heurathet, so verschreibt er seiner Frau, gleich dreymahl hundert tausend Millionen Souverainsd'Or, und extra ein Wittibsitz von 200. Meil Wegs, und dem Schwiegervater giebt er gleich für die Tochter 10 Millionen Kaufschilling.

Odo. (vor sich) Fickrement! das letzte wär das beste. (zu Hw.) Aber sag er mir guter Freund, wo residirt dann sein Herr, wo ist er denn zu Hauß?

Hw. (verwirrt.) Verstehen sie die Ortographie?

Odo.

die förchterliche Hexe.

Odo. Was ist das die Ortographie?

Hw. Die Landkarten.

Odo. Nein, die versteh ich nicht.

Hw. (vor sich.) Das ist desto besser für mich. (zu Odo) Nun ich will ihnen eine kleine Beschreibung von meines Herrn seinen Landgütern machen, er residirt zu Maltha.

Odo. Wo liegt das Maltha?

Hw. Maltha? das liegt noch in Oberösterreich.

Odo. Und das wär nicht weit, und wie siehts dort aus?

Hw. (vor sich.) Mir wird schon angst, ich kann nicht mehr fort (zu Odo.) ich kann ihnen unmöglich alles sagen, bis wir besser Zeit zu reden haben, mein Graf wartet schon auf die Antwort, denn er hat mich hergeschickt, ihnen zu sagen, daß er ihre Tochter gerne sehen möchte.

Odo. (vor sich.) Je! was Teufel, das ist ja verdammt, daß mein Mädel nunmehr entführt ist, was wär das für ein Glück für sie? Fickrement! 10 Millionen Kauffschilling, das wär ein Fressen.

Hw. Nun! wo haben sie ihre Tochter? geben sie sie her, daß ichs meinen Grafen kann sehen lassen.

Odo. Ja! das ist nicht gleich so geschwind geschehen, ich muß erst = (vor sich) ich weiß nicht was ich sagen soll (zu Hw.) sag er seinen Herrn Grafen = =

Hw. Was er = er! ich bin kein er, ich bin ein Herr, ich heiß nicht er! ich heiß Monsieur Heyduck.

Odo. (lacht.) Nun also Monsieur Heyduck, sag der Herr seinen Herren Grafen, daß er entweder mir die Gnade erweisen sollte, morgen in mein Schloß zu kommen, oder mir erlauben sollte, daß ich ihm mit meiner Tochter, an dem Ort, wo er sich aufhaltet, aufwarten dörfte, alsdenn würden wir schon das weitere sprechen; (vor sich) wenn es nur bis Morgen Zeit hätte, wann wir einmahl das Zauberschloß bestürmt haben, so werd ich meine Tochter schon nach Hauß kriegen.

Hw. Ich wills zwar meinem Herrn Grafen sagen, aber ich weiß nicht, ob er sich die Mühe geben wird, wegen ihrer elenden Tochter sich bis Morgen aufzuhalten.

Odo. Was heißt der Herr meine Tochter elend, der Herr hat sie ja nicht gesehen?

Hw. Wann sie ihre Tochter ist, so kann sie nicht viel besser seyn.

Odo. No no! ich will lieber gehen, der Herr ist ein Spaßmacher, und ich hab den Herrn schon meine Meinung gesagt, leb der Herr wohl! (will abgehen.)

Hw. (zieht ihn zurück.) Wann sie gehen wollen, so zahlen sie mich ehender.

Odo. (lacht.) Was wär dann ich ihm schuldig, guter Freund, für was soll ich ihn zahlen?

Hw.

Hw. Für meinen Gang, den ich hieher gemacht habe.

Odo. Das wär was neues, hab denn ich ihm das Hergehen geschaft?

Hw. Das just nicht, ich bin aber wegen ihrer Tochter hergegangen, und ein Heyduck ist ein schwerer Mensch, der kann keinen Gang umsonst machen, geben sie also nichts?

Odo. Was soll ich geben? natürlich geb ich nichts.

Hw. So werd ich ihnen was geben (er nimmt den Beutel heraus) da haben sie 2 Siebzehner, trinken sie meine heyduckische Gesundheit (und auf die Seite ab.)

Odo. allein. (lacht.) Das ist ein wunderlicher Mensch, er wird glauben, wie er mich ausgezahlt hat, ich lache aber dazu, ich wollte wünschen, daß ich von jedem Heyducken in der Welt 2 Siebzehner bekäme; in die Hauswirthschaft ist jeder Kreutzer gut. — aber die Nacht rückt immer näher heran, es ist Zeit, daß ich zu unserer Geisterbannerey Anstalt mache. (in das Haus ab.)

Fünfter Auftritt.

Mägera, Leander, Hannswurst und die Bediente.

Mägera zu Hw.

Du hast deine Sache vortreflich gemacht; nun wollen wir den Spaß weiter ausführen, izt klopfe an des Odoardo Haus, da werden Angela und Colombina aus selben kommen, und unterdessen, als ich den alten Odoardo durch meine Zaubermacht in dem Haus in Beschäftigungen aufenthalte, so sollt ihr erfahren wie treu eure Liebsten seyen, macht nur alles, so wie ich euch schon gesaget habe.

Lean. Ich will mich in allem nach eurem Befehl richten.

Hw. No! also klopf ich an. (er klopft an Odoardo Haus.)

Sechster Auftritt.

Angela und Colombina aus dem Haus und die Vorigen.

Angela zu Colomb.

Was seh ich? Colombine; was will dieser artige Cavalier hier?

Col. Potz tausend! eine ganze Hoffstadt! (alle Bediente machen ihre Complimenten.)

Mägera zu Angela. Schönes Fräulein, schon vor 2 Jahren hab ich sie gekannt, und eben so lang in meinem Herzen angebetet, doch da ich zu solcher Zeit noch nicht majoren, folgsam auch nicht der Herr meines eigenen Willens war, so hab ich diese Liebe nur aufgespahret, bis ich mich nun gänzlich in diesen erwünschen Umständen meines eigenen Willens befinde, ich bin dann hieher gereist, um ihnen zu entdecken, daß ich sie auf das zärtlichste liebe, und ohne Verschub

willens

die förchterliche Hexe

willens seye, sie zu meiner Gattin zu erwählen, ich nenne mich Graf von Gansbiegel; meine Familie ist in ganz Deutschland bekannt, ich residire auch zu Wien, und dahin müsten sie mich auch, wann sie mich ihres schönen Herzens würdig achten, als Gemahlin begleiten.

Angela vor sich. Was für ein unvergleichlicher Cavalier! ich weiß nicht was ich sagen soll? (zu Mägera) mein Herr Graf, ich kann mir unmöglich vorstellen, daß sie im Ernste so gütig von mir gedenken sollen, allein; wenn auch solches würklich wäre, so könnt ich diese Heyrath weder so geschwind noch auch ohne die Erlaubniß meines Vaters eingehen.

Mäg. O ich kenne ihren Herren Vater, er ist ein alter ehrgeitziger Mann, mit dem ich nichts vorhaben mag, ich verlange durchaus nichts als ihre Person, mein überall bekannter Reichthum wird sie so glücklich machen, daß sie niemahls Ursach haben werden, von den Gnaden ihres unerträglichen Vaters, etwas zu suchen, ja wann sie meine Gemahlin werden wollen, so müssen sie mir versprechen, daß sie, ohne daß ihr Herr Vater etwas davon wisse, mit mir die Flucht ergreifen, und niemanden, ausser ihr einziges Stubenmädel, mitnehmen wollen.

Ang. zu Col. Ich weis mir nicht zu rathen, was soll ich thun?

Col. zu Ang. Wollen sie sich noch besinnen? glauben sie, daß ein solches Glück alle Tage komme, man muß solche Gelegenheit mit beyden Händen ergreiffen. Ang.

Ang. zu Col. Aber mein Leander.

Col. zu Ang. Was Leander, Leander, man muß das Ungewisse nicht für das Gewisse wählen, wer weiß, was es noch mit dem Leander für Anstand hätte, und zu dem ist er ja kein Graf, und bey weiten nicht so artig und so reich, da ist sich gar nicht zu besinnen.

Mäg. zu Ang. Was halten sie für geheime Unterredungen? ach ich seh es schon, daß ich ihrer Schönheit nicht würdig bin, gewiß, mein Herz sagt es mir schon zum voraus, gewiß haben sie bereits ihr Herz anderwerts verschenket, und sich dadurch verbindlich gemacht.

Ang. zu Mäg. Ich? o nein! mein Herze ist noch vollkommen frey, ich habe noch niemal einen Liebsten gehabt..

Mäg. zu Ang. O! sie erröthen, und dieses zeigt mir, daß sie bereits einem anderen die Treue geschworen haben, ja ich rathe ihnen auch, so zärtlich ich sie gleich liebe, daß sie, wenn sie einen andern Liebsten haben, von dieser Liebe ja nicht ablassen, sondern wie es getreuen Schönen zustehet, ihme jederzeit beständig, eigen bleiben sollten.

Ang zu Mäg. Mein Herr Graf ich kann sie auf das theuerste versichern, daß ich Zeit meines Lebens keinen Amanten gehabt hab..

Lean. vor sich. (O ungetreue! o flatterhafte Angela)

Mäg. zu Ang. So kann ich also hoffen?

Ang. Ach ich kann diesem Liebessturm unmöglich widerstehen, ja Herr Graf! hier haben
sie

sie meine Hand, und auch mein Herz, ich bin ihre Gemahlinn.

Mág. zu Ung. Mit Freuden schließ ich sie in meine Arme, anjetzo wollen wir unverzüglich in meine hier nahe gelegene Wohnung gehen, alldort alle Anstalt zu unserer Verbindung treffen, und sodann erst, bevor wir abreisen, ihren Herrn Vater diese Sache wissen lassen.

Ang. zu Mág. So sollte ich gar nicht mehr in meines Vaters Haus?

Mág zu Ang. Es ist nicht nöthig, dieß könnte unserer Liebe ein Hinderniß seyn, ich nehme alles auf mich, und was ihr, auch unentbehrliches, noch in dem Hause habt, das will ich schon herbeyschaffen lassen.

Ang. zu Mág. Nu so sey es, man pflegt ja sonst zu sagen, daß die geschwinden Heurathen die besten seyn aber mein Herr Graf, die Colombine muß mich begleiten, und stets an meiner Seite seyn.

Mág. Diß steht ihnen zu befehlen, und ihr zu vollziehen frey, wann sie mitzugehen willens ist.

Col. O ja! ich gehe überall mit, wo meine Fräule sich hinbegiebt.

Hw. zu Mág. Ihro Excell. Herr Graf von Gansbiegel, bey dieser Historie hätt ein unwürdiger Heiduck auch sein Wort zu führen, Ihro Exc. wissen, daß sie mir oft gnädigst versprochen haben, wann etwas mir gefälliges sich hervorthäte, daß ich auch eine Heurath treffen dörfte, ich hätte nun einen Gedanken, ob ich nicht bey der Gelegenheit auch könnt mit der gegenwärtigen Jungfer Colombina ein kleines Heurathel treffen.

Mág.

Mäg. zu Hw. Ich meinerseits halte dir mein Wort, aber das kommt meistens auf die Jungfer Colombine selbst an.

Col. zu Hw. Nu, warum nicht, ich könnt dem Herrn just nicht feind seyn, und glaub bey einem so galanten Herrn Grafen, werden wir allzeit zu leben haben.

Hw. Ey sorg sie sich nicht, mein Kind, ich bin dermalen wirklicher Heiduck, und habe die Expectanz auf den ersten Zwergen, der meinen Grafen crepiren wird, aber was werden der Jungfer ihre andern Amanten dazu sagen, wann sie die Jungfer verlieren werden.

Col. O Amanten! Amanten! ich hab keinen Amanten gehabt.

Hw. Ist das richtig, das könnte ich nicht glauben, gar keinen?

Col. Ich hab wohl einen gehabt, er ist aber just so viel als gar keiner, es war ein gewisser Hanswurst, ein dummer plumper Kerl, das war aber nur eine Amour aus Noth, weil wir hier auf dem Landgut selten ein Mannsbild zu sehen kriegen, sonst hätt sich ein solcher Zolpel wohl niemal Rechnung auf meine Person machen dörfen.

Hw. Ja, ja! wies halt geht. (vor sich) o du Rabenaas! du höllisches (zu Col.) no wir seynd also ein Poar.

Col. zu Hw. Ich bin zufrieden, hier ist die Hand.

Mäg. Gehn wir nur einmal von diesem Platz, es möchte sonst der alte Herr von Odoardo unsern Spaß verderben, in meiner Wohnung wollen wir

schon

schon alles richtig machen (zu Leander) ihr Kammerdiener! laßt euch angelegen seyn, alles so zu veranstalten, wie ichs schon mit euch abgeredet habe.

Lean. zu Mág. Euer Excell. Befehle sollen auf das genaueste vollzogen werden.

(Alle nach Rang und Ordnung ab.)

Siebenter Auftritt.

(Nacht.) Richter und Schulmeister bewafnet, nebst vielen Bauern, die gleichfalls Spieß und Prügel tragen.

Richter. Herr Schulmeister, vor ihnen zu reden, so glaub ich, daß es itzt Zeit seyn wird, daß wir uns bey den gnädigen Herrn, vor ihnen zu reden mit dem Bauern einfinden, dann es ist schon ziemlich Nacht, vor ihnen zu reden.

Schulm. Ja, ja! die Nacht manschirt schon herbey, wann wir anderst von der Gelegenheit profundiren wollen, so müssen wir nicht versaumen; aber es wird heut Nacht scharf hergehen, wir können uns in Acht nehmen, und alle Gelegenheit absolviren, und alle Kräften kapriciren, daß wir nicht in ein großes Unglück gerathen; (zu den Bauern) ihr Leute seyd nur karasirt und herzhaft, und wehrt euch bis auf den letzten Tropfen Blut, es ist euch selbst viel daran gelegen, daß die alte Ruh wiederum auf diesem Landgut hergestellet und procujonirt werde.

Achter Auftritt.

Odoardo, Anselmo, und Riepel, bewafnet aus dem Haus, und die Vorige.

Odoardo. Ich habe mich nicht geirret, der Richter, der Schulmeister und die Bauern sind wirklich zugegen, ꝛc. ꝛc.

Unterdessen unterreden sich alle, wie sie die Sache angreiffen, und die Zauberey daraus verbannen wollen, Anselmo ist dabey sehr zaghaft; Riepel, sie sollen sich auf ihn verlassen, er wolle sich schon alle Mühe geben, davon zu laufen; und endlich alle ab.

Neunter Auftritt.

Wald, mitten eine große Schloßthüre mit beyderseitiger Mauer, weiter vorwärts, zur recht und linken Hand über ein grosser Thurm, welche mit dem Hauptgebäu zusammenreichen.

(Nacht mit Mondschein.)

Mägera allein, noch als Graf Gansbiegel.

Angela und Colombina sind gut verwahret, und da sowohl Leander als Hw. von ihrer Geliebten Untreu überzeiget sind, auch sich schon gegen mich erkläret haben, keinen Antheil mehr an diesen wankelmüthigen Frauenzimmern zu nehmen, so will ich meinen Spaß auch zu Ende bringen, (sie macht eini

die förchterliche Hexe

einige Zauberkreise mit dem Stab) allons Sclikziroschurakas! erscheinet ihr höllischen Geister auf meinen Befehl! (es kommen einige Teufel) ihr Höllenlarven verfügt euch alsogleich in gegenwärtiges altes Schloß, und helfet mir den Possen ausführen, den ich mit den Bestürmern dieses Gebäudes vorhabe, doch unterstehet euch nicht, einen von ihnen an Leben etwas zu schaden, (die Geister neigen sich) so gehet dann dahin, wo ich es euch befohlen habe, (die Geister theilen sich in die Thüren ein) ich sehe schon die ganze Schaar unserer Belagerer herbey kommen, ich will mich auch auf die Seite begeben, und zu Ausführung meiner lächerlichen Rache den Anfang machen. (geht auf die Seite hinter die Mauer des alten Schloßes.)

Zehnter Auftritt

Odoardo, Anselmo, Riepel, Richter, Schulmeister, und die Bauern.

Alle ihre Scene vom Schloß stürmen ꝛc. Odoardo mit Bauern gehet hinter der Thüre rechter Hand, und Anselmo mit Bauern hinter den Thurn linker Hand, Riepel, Schulmeister und Richter, mit Bauern hinter den mittern Thurn, unter beständigem Feuer, welches von allen Seiten auf sie loskommt, einander immer zusprechend, wollen die Sache behutsam anstellen, sich eintheilen, und denn, sobald sie den Leander, Hw. oder die Frauenzimmer,

oder

oder auch die Hxe hätten, an einander rufen, und sodann gleiche Hand anlegen. (Ganz still ab.)

Eilfter Auftritt.

Mägera als Graf Cansbiegel, Leander als Kammerdiener, Hw. als Heiduck, Angela und Colombine kommen von der Mauer des mittern Thurms hervor.

Mägera.
Nun hab ich dich, mein Schatz! an jenen Ort gebracht,
Den ich mir Lebenslang zur Residenz gemacht;
Hier siehst du mein Schloß im ganzen Umfang liegen,
Wo ich dich, schönstes Kind! mit zärtlichstem Vergnügen
Als Braut umarmen werd, hier ist der theure Ort!
Dein künftiger Aufenthalt, allwo du mir das Wort,
Das du mir erst zuvor hast ohne Zwang gegeben,
Nunmehr erfüllen wirst als Frau mit mir zu leben.

Angela zu Mägera.
Wie? scherzen sie Herr Graf? in gegenwärtgem Wald,
Ist, wie mein Vater spricht, der Hexen Aufenthalt;
Mein Aug betrügt mich nicht, hier sind die alten Steine
Von dem zerstöhrten Schloß, wo nichts als Todtenbeine

die förchterliche Hexe.

Verlebter Krieger sind, die wilder Feinde Macht
Vor hundert Jahren schon erbärmlich umgebracht:
Ich kenne ja den Rest von dem zerfallnen Schloße
Das nichts als Schlangenbrut in dem gestürzten Schooße
Zu unserm Grauen hegt, was sollen doch wohl wir
An diesem wüsten Ort?
Mägera.
Ich wohne ja allhier!
Entsetze dich, mein Schatz! nicht über diese Sachen,
Gefällt der Ort dir nicht? ich kann ihn schöner machen.
Colombine zu Hw.
Was Plunder, Herr Heiduck! was führen sie mich denn
In dieses Zauberschloß? das kann ich nicht verstehn;
Wir werden doch nicht hier vielleicht die Hochzeit machen,
Dies wären wohl für mich ganz ungewohnte Sachen,
Wo ist das Landgut denn? wo ist denn wohl die Pracht?
Von ihrem grossen Herrn, wie sie mir vorgemacht?
Ich seh es ganz gewiß, sie haben mich betrogen.
Hw. zu Colomb.
Das ist, nach neuster Art gelehrt geredt, erlogen,
Gedulden sie sich nur mein Schatz! in kurzer Zeit
Verlieren sie gewiß des Irrthums Dunkelheit,
Denn mein Herr Graf und ich seynd treu, für die Getreuen,
Und für die Falschen falsch. Man

Mägera,

Man hört in dem Schloß ein Geschrey.
Angela zu Colomb.
　　　　　O weh! was hör ich schreyen?
Dieß, Co'ombine! war ja meines Vaters Stimm,
Die so erbärmlich schrie?
　Col. zu Ang. Mich dünkt es so.
　　Mäg. zu Ang. Vernimm!
Der Zweifel soll anjetzt im Augenblick verschwin-
　　　　　　　　　　　　　　　　den,
MeinSchatz! wir eilen, uns nunmehro zu verbinden
　(sie macht mit dem Stab Zeichen in die Luft.)
Entsetze dich vor nichts, was du anjetzt wirst sehn,
Dein Vater schrie zuerst, doch ihm ist nichts
　　　　　　　　　　　　　　geschehn,
Er muß mir nur zum Scherz bey unsrer Hach-
　　　　　　　　　　　　zeit dienen;
Komm, schönste Angela! in den Pallast, worinnen
Ich alle Anstalt schon zur hochzeitlichen Prächt,
Für ein so würdig Kind, aufs theureste gemacht.
Entflieh du wilder Ort! entweicht ihr ödenSteine!
Du aber Hochzeitsaal für meine Braut erscheine.

　Sogleich verschwinden die Thürme sammt
der Mauer, und verwandelt sich das ganze Theater in einen prächtigen Saal rück-
wärts sieht maneinen Orchester aufgerich-
tet, allwo der Schulmeister, Richter und
die Bauern als Musici angekleidet sitzen,
und musiciren. Odoardo und Anselmo
hangen einer rechts; der andere linker
Hand, und Kiepel in der Mitte, in der
Luft auf einer Wolkenmaschine, als Hang-
　　　　　　　　　　　　　　leuch-

leuchter, wo sie an jedem Arm, und an je=
dem Fuß, auch auf dem Kopf ein Licht
haben, das Orchester spielt einen Menuet,
und Mägera mit Angela, ꝛw. mit Co=
lombine tanzen. Nach Endigung des Me=
nuets.

Angela zu Mägera.

Nun sieht es anderst aus; mein wertherster Gemahl!
Was fühl ich nicht für Lust, in diesem Freudensaal.

Mägera zu Angela.

Bemühe dich nicht mehr mich als Gemahl zu nen=
nen,
Der Irrthum fließt von dir,
  (Sie berührt die Angela mit dem Stab.)
   Du lernst mich nun kennen!
Ich bin nicht dein Gemahl, noch Graf, wie ich
dir schien,
Ich bin Mägera selbst! ich bin die Zauberinn!
Die sich zuletzt an dir auf solche Art gerochen,
Weil du so unverschämt die Pflicht der Treu
gebrochen;
Leander! welcher dich aufs zärtlichste verehrt,
Der von dem Vater dich zu seiner Frau begehrt,
Ja welcher, da dich ihm dein Vater abgeschlagen,
Das Leben sich sogar zu nehmen wollte wagen,
Leander ward von mir von seinem Tod geschützt;
Und durch die Zauberey im Lieben unterstützt;
Ich nahm mich seiner an, ich kam, ihm beyzustehen,
Doch wollt ich auch die Größ von seiner Liebe sehen,
Ihn fand ich stets getreu, nun suchte weiters ich
Auch deiner Treu=Stärk, doch wie betrog ich mich,
Kaum hast du mich noch recht als Grafen an=
gesehen,

H   So

So war es auch bereits um deine Treu geschehen;
Leander kam sogleich in die Vergessenheit,
Und mir ward ungesäumt dein falsches Herz geweiht,
Ja du erkühntest dich sogar mir vorzusagen:
Der Liebe Fesseln hätt dein Herz noch nie getragen;
Dein treuer Liebster sah dein Wanken selbst mit an,
Wofür er dich anjetzt nach Recht bestraffen kann.

Leander zu Angela.

Ja falsche Angala! sind dieß die Zärtlichkeiten?
Die Pflichten, Treu und Schwur, die wir uns sonsten weihten?
Belohnest du so schlecht ein dir getreues Herz?
Ist alle meine Müh für dich dir leichter Scherz?
Treulose! wolt ich nicht um dich sogar das Leben,
Die Freyheit, meine Ruh mein Wohl und alles geben?
Und du verschenkst dein Herz, und denkest nichts an mich.

Ang. zu Lean. Leander = höre doch = =
Lean. zu Ang. Undankbare! = wen = = dich?

Mägera zu Leander.

Leander! greiffe nur nach meinen Zauberwaffen,
Die falsche Angela empfindlich abzustraffen.

Leander zu Mägera.

Sie strafte sich schon selbst, ihr eigenes Vergehn
Kömt ihrem falschen Herz einst theuer gnug zu stehn,
Vermählt und unvermählt, beym schuldigen Gewissen,
Wird sie gleich hart gestraft, der Untreu Laster büssen:
Ich aber räche mich auf keine andre Art,

die förchterliche Hexe.

Als, daß ich von ihr flieh; ståts ihre Gegenwart,
So lang ich leb, vermeid und auch dabey vergesse,
Daß ich sie je geliebt.   (geht ab.)
Angela ihm nachruffend.
Leander! ach! ermesse
Doch unsre Zärtlichkeit! ihr Götter! ach er geht?
Hw. zu Colomb.
Du Colombinisch Thier! schau her, wer vor dir
steht!
Ich bin es, der Hanswurst, der dir sein Herz,
sein Leben,
Du falsches Animal! hat zum Präsent gegeben,
Ich hab mich als Heiduck von darum nur verstellt,
Damit ich sehen konnt, ob deine Treue fehlt:
In meiner Meinung sah ich mich auch nicht be-
trogen,
Dann den Heiducken hast du mir gleich vorgezogen.
Drum! falsches Rabenas! geh itzt zum Henker hin,
Und sag nicht, daß ich je dein Schatz gewesen bin,
Sonst soll sich die Frau Hex in einen Wolf ver-
kehren.
Mägera.
Du darfst auch wider sie von mir nun Rach be-
gehren;
Hw. zu Mägera.
Frau Hexin! machen sie ihr nur den Hauptver-
druß;
Daß sie nach neunzig Jahr noch ledig sterben muß.
(geht ab.)
Col. O weh! - - er geht! - -
Mägera zu Angela und Colombina.
Nu! wie ihr falschen Frauenzimmer,

Die Reu ist zu spät, anjetzo weint nur immer:
Doch gehet bald von hier, nach Odoardens Haus,
Sonst bricht noch meine Rach in größere Strafen
aus.
Schließt euch zusammen ein, und sehet das Ver-
brechen
Der Falschheit ruhend an; lernt, daß ein treu
Versprechen
Nicht Kinderpossen sey; seht stets die Folgen ein,
Vielleicht kann dieß Vergehn euch künftig nützlich
seyn.

Angela vor sich.
Ich gehe ganz beschämt = wie hab ich mich betrogen!
Warum hab ich nicht eh der Untreu Straf erwo-
gen. (geht ab)

Colombine vor sich.
Ach Frauenzimmer! seht doch mein Exempel an!
Bleibt eurem Schatz getreu, sonst kriegt ihr keinen Mann.
(geht gleichfalls ab)

Mägera zu Odoardo, Anselmo und Riepel.
Nun hab ich noch mit euch ein wenig was zu spre-
chen,
Sie macht mit dem Stab alle drey redend.
Hört mich!

Odoardo in Lüften.
Was Teufel! soll ich mir den Hals hier brechen?
Ansel. Wie kam ich in die Luft?
Riep. Löschts aus ich leucht nicht mehr.

Mägera.
Schweigt alle! lärmet nicht, und höret mich vor-
her:

Ich

die förchterliche Hexe.

Ich bin die Zauberin von gegenwärtigem Schloße,
Die ihr in dieser Nacht aus ihres Sitzes Schooße,
Zu jagen habt gesucht, umsonst war eure Müh,
Umsonst wird sie stets seyn, denn mich bezwingt ihr nie:
Ja werdt ihr künftig noch mich hier zu stöhren wagen,
Kommt ihr noch einmal her, so brech ich euch den Kragen!
Doch laßt ihr künftig mich in meiner alten Ruh,
So schwör ich euch von mir auch allen Frieden zu;
Nun aber sollt aus Straf zu einem Angedenken,
Ihr in den Lüften hier noch vierzehn Tage henken.
(Sie verschwindet unter Feuer.)

Odoardo, Anselmo und Riepel.
Ach! laßt uns doch herab!

Anselmo.
O weh! ich armer Mann!
Ich leuchte hier umsonst, ich hab gar nichts gethan.

Odoardo.
Sie wird uns doch die Zeit von dieser Strafe schenken,
Der Teufel möchte da durch vierzehn Tage henken.

Riepel.
Gebt mir nur Bratl, Wein, Toback und Hornerbier,
So henk ich, wenn ihr wollt, so lang ich lebe hier.